メディアワークス文庫

怪異学専攻助手の日常

蓮城京太郎の幽世《かくりよ》カルテ

杜宮花歩

JN073257

目　次

プロローグ

白い布がはためく様子を見ていると、心がざわめく。
干してあるシーツが靡《なび》く時や、白いコートを着ている人を見かけた時だ。
見る度に目を逸らす癖がある。
他にも見たくないものがたくさんあるが、それは一際見たくないのだ。
目を逸らしたことに心が痛むことがある。魂が傷つく感覚に苦しむことがある。
理由は分からない。いや、本当は知っている。
ただ、どうすれば良いか分からず逃げているだけだ。
海に投げ出されたみたいに、がむしゃらに手足を動かしもがいている。
救われることを望んでいる。報われることを望んでいる。
正しく罰を受け、償うことを望んでいる。

木々が雑多に並ぶ大学構内を、折笠亜紀《おりかさあき》は一人で歩いていた。
初夏の季節。顔を上げると、緑の葉や枝が連なり頭上に鮮やかな屋根を作っていた。

その緑の屋根に混ざり、黄色の丸い花が葡萄《ぶどう》のように連なったものが、いくつも咲き乱れていた。藤の花のような見た目のその花の名前が分からず、亜紀が首を傾《かし》げていたその時。

一際強い風が、亜紀の背中を押すように吹き付けた。

風に花が飛ばされる。それを目で追いかけていると、数メートル先に白い犬を見つけた。

「誰の犬だろう？」

昨今、街で野犬を見かけることはない。となると、飼い犬の可能性が高い。

しかし、辺りを見渡しても、飼い主らしき人物は見当たらなかった。

白犬は尻尾を振りながらその場をうろうろと、行くあてもないかのように彷徨《さまよ》っている。亜紀は、驚かせないように足音を静めながら、白犬に近寄っていった。

犬種はホワイトシェパードだろう。狼《おおかみ》のような凛々《りり》しい顔付きと締まった体を持ち、密度の高い滑らかな体毛に覆われていた。

美しい白犬に見惚《みと》れながら近寄っていくと、ふと白犬が足を止めて、細長い顔をこちらへ向けた。丸い瞳には驚きの色が滲《にじ》んでいる。

「あ、驚かせちゃったかな？」

亜紀は立ち止まり、白犬に警戒されないように、ゆっくりと膝を曲げて目の高さを合わせた。

白犬は鼻をひくひくと動かしながら、亜紀の目をずっと見ていた。

まるで時間が止まったかのように、白犬は亜紀を凝視した。その様子は、吐息さえも止まってしまったかのようだった。

怪訝《けげん》に思った亜紀は、身を引いて瞬きをする。

「あれ？」

再び両目を開くと、白犬の姿が消えていた。

左右や後ろを見渡しても、どこにも見当たらない。瞬きしていたのはほんの一瞬。その瞬間に走り去ることができるとは思えない。

辺りを見渡していた亜紀の視線が、傍《そば》に立つ木の幹の辺りに引っかかる。一見すると何もない空間だが、奇妙に歪《ゆが》んで見えたのだ。目を凝らしていると、やがて木の幹から浮かび上がるように、先ほどの白犬が再び姿を現した。

白犬はくりっとした目で亜紀を一瞥《いちべつ》すると、お尻を向けて走りだした。

「ちょっと、待って！」

亜紀は白犬を追いかける。

白犬は元気よく地面を蹴って、素早く走っている。亜紀は見失わないように両腕を振って追いかけた。

なぜ追いかけるのか？

それは、白犬が、ただの犬ではないと気付いたからだ。

白犬の目に、引き込まれるものを感じたからだ。


亜紀の目には、幽霊や妖怪といった魑魅《ちみ》魍魎《もうりょう》が映る。

他の誰にも視えていないものを、亜紀はしっかりと捉えることができる。幼い頃から見続け、二十二歳になった今もそれは変わらない。

幽霊のように木の幹をすり抜けて現れた白犬。おそらくこの犬は、魑魅魍魎の類《たぐい》だろう。意味ありげな視線を向けていたところからも、ただの犬ではないことが分かる。

本当は、幽霊も妖怪も相手にしたくはない。得体の知れないものは出来る限り視界に入らないようにして、関わりを持たないようにして、穏便に過ごしていたい。

しかし、その思いとは裏腹に、魑魅魍魎のことを知りたい気持ちもある。

まるで誘うような目を向けてきた白犬。この犬が、何か悪巧みをしている可能性も否定はできない。しかし、亜紀はこの白犬を追いかけることをやめなかった。

大学四年生になり、卒業後の進路について考えなくてはならなくなった亜紀は、改めて自分の生き方を、自分に問い直していた。

このままで良《い》いのか？

本当は、もっとやらなければならないことがあるのではないか？

自分が考えるべきこと、自分が行うべきことは、なんなのか。

そんな自問自答を繰り返す中で、思い起こされるのはいつも、目に映る魑魅魍魎のことだった。

だから亜紀は、無意識のうちに白犬を追いかけていたのだ。

白犬が壁をすり抜けて、建物の中へ入り込んだ。

亜紀は建物の端へ走っていき、ステンレス製の扉を開ける。

そこは、どこかの研究棟の廊下だった。

白犬の足音が聞こえたので、亜紀は前方に注目する。

亜紀の視線の先に、一人の男が立っていた。

墨を流したようなくせ毛が特徴の男だった。蛍光灯の明かりがシャープな輪郭を照らし、目鼻立ちの整ったエキゾチックな顔が顕《あらわ》になる。その身長は見上げる程に高く、俳優のような佇《たたず》まいをしていた。

彼の足元には、先ほどの白犬が座っている。

この白犬はただの犬だったのかもしれない、と思ったのも束《つか》の間《ま》。

「ねえ京《きょう》太《た》郎《ろう》。そこの彼女、僕のことが視《み》えているようだけど」

白犬は穏やかな男の声で、言葉を喋《しゃべ》った。それに驚きもせず、くせ毛の男は亜紀へちらりと視線を向ける。

「ああ。どうも視えているみたいだな」

「相変わらず素っ気ないね〜。気にならないの？　京太郎以外で僕が視える人間と出会ったのは初めてだから、すっごく興味深いんだけどなあ」

男は顔を上げると、目尻を吊《つ》り上《あ》げ亜紀を睨《にら》む。

そして、犬に驚き口をあんぐりと開いた亜紀と、数秒見つめ合う。

「別に。気にする必要はないだろ」

男は背を向けて歩き出す。亜紀は獲物を逃さんとばかりに、慌てて彼のベルトを摑《つか》む。その拍子に、男が後ろへよろめく。

「おい、なにをする！」

「あの。このワンちゃんは妖怪ですね？」

「そうだが。だからなんだっていうんだ」

さも当然のように応える男に、亜紀は興奮する。

「ということは、あなたも妖怪が視える人なんですね？」

「そんなことは見れば分かるだろう。その目は節穴か？　とにかくベルトを放してくれ！」

男が心底苛立《いらだ》っている様子だったので、亜紀は手を放した。

「すいません。自分と同じように妖怪が視える人に会ったのが初めてだったので、つい引き止めてしまいました」

亜紀は姿勢を正すと、改めて、男の綺麗《きれい》な顔を見上げた。

「私、英文学科四年の折笠といいます。私は昔から妖怪とかが視えていて、そのことでいろいろ嫌なことがあって、避けている時期がありました。でも最近は、もっとそういう、魑魅魍魎のことを知るべきなんじゃないかと思ったりしています。あなたは、幽霊とか妖怪と、どんな風に向き合っていますか？」

亜紀は白犬と男を交互に見ながら、疑問を口にした。

男は目を半眼にした。

「俺は、怪異《かいい》の研究をしている」

「怪異？」

　亜紀は思わず聞き返す。

「怪異は、魑魅魍魎や不可思議な現象などの総称だ。過去の文献に登場する怪異を研究し、それを元に現代の怪異を探る。そうやって、視えるものと向き合っている」

　男は言い終えると、役目を終えたとばかりに歩き出す。

「あ、ちょっと待ってください！　名前を教えてくれませんか？」

　男は立ち止まると、やや鬱陶しそうな表情を見せて振り返る。

「俺は蓮城京太郎《れんじょうきょうたろう》だ。東嶺館《とうれいかん》大学の綿谷《わたや》研究室で怪異学の助手をしている。怪異についての悩んでいるのなら、研究室へ相談に来るといい」

「え、あの蓮城さん……？」

　蓮城京太郎の噂《うわさ》は聞いたことがある。彼は眉目秀麗《びもくしゅうれい》でミステリアスな男として知られていて、女子学生の間で話題に上る人物だ。

　本人を見たことがなかった亜紀は、自己紹介されるまで彼がその噂の人だと気づかなかった。

　これが蓮城京太郎と、狗《いぬ》と人の姿を持つ妖怪、梼原遥《ゆすはらはるか》との出会いだった。

カルテ01　ザツオンのコト

1

学生生活が終わろうとしていることに、亜紀《あき》は焦りを覚えていた。街中で迷って立ち止まってしまった時のような、不安と焦りだ。歩いている誰もが目的地へ向かって進んでいるのに、自分一人だけ行くあてがなく立ち止まってしまったような、心細さである。こんな気持ちになる要因の一つは、就活が失敗続きで自信をなくしているせいだ。

「こんにちはぁ」

亜紀は扉を三度ノックし、ドアノブを握って開く。香ってきた古書と埃《ほこり》の匂いを吸い込みながら室内を見渡すと、そこは一面、書物や書類で埋め尽くされていた。室内の両脇に本棚が据えられ、中央にはローテーブルとソファー。部屋の奥や角に事務机が三台程並ぶ。そして、それら室内家具の輪郭が見えなくなる程の大量の書物が収められている。いや、正しくは床や机上などに書物が散乱、溢《あふ》れかえっている状態で、さながら叡智《えいち》の大海原であった。

そして、その大海原の中心で、一人いそいそと作業に勤《いそ》しむ青年がいた。

亜紀が来訪するなり、彼は資料をファイリングする手を止めて、柔らかな山吹《やまぶき》色の髪を揺らして振り返った。白皙《はくせき》ですっきりした鼻筋。見開かれた二重の目は色素が薄く、ガラスのような透明感がある。全体的に中性的な容姿だが、肩や胴周りが程よく発達した、健康的な印象のある青年だ。

「やあ、亜紀」

笑顔で出迎えてくれた青年の名は、梼原遥《ゆすはらはるか》。一見すると亜紀と同年代の美しい青年だが、その正体は狗《いぬ》の姿に変化《へんげ》する妖怪だ。

亜紀は手に持っていたエコバッグを前へ突き出す。

「遥くんほら、例の物よ」

「え？　まさかあれ？　本当に買ってきてくれたの？」

「もちろん。三人分買ったから、蓮城《れんじょう》さんと一緒に食べられるよ。って、そういえば蓮城さんはどこ？　もしかしてまだ授業？」

亜紀は積み上がる本のタワーを避けながら、室内をキョロキョロと見回す。

「京太郎はそこにいるよ」

「そこって、どこ？」

遥が顎をしゃくったので、そちらを見下ろすが、おもちゃ箱をひっくり返したように、ハードカバーの本やA4サイズのプリントがばら撒《ま》かれているだけである。もう少し近くで観察するべく数歩近寄ると、亜紀の靴先がコツンと何かとぶつかった。

驚いて視線を落とすと、そこには大きな革靴があった。靴先は天井を向いており、履き口から足首が見えるが、その先は書物等に隠されている。

「え、もしや」

亜紀はすぐさま、足元に散らばる分厚い本を脇へ除《の》けていく。視界を遮る知恵の宝庫を躊躇《ちゅうちょ》なく摑んでは脇へ追いやっていくこと数秒、亜紀の指先は、呼吸で上下する紺色のベストに触れた。

「蓮城さん！　なんでこんなところで寝てるんですか！」

亜紀が本の山を思いっきりどかすと、形の良い額にくせ毛を垂らした、艶《あで》やかな男の寝顔が現れた。

「京太郎《きょうたろう》、本を読んでいる最中にソファーで眠っちゃって、寝返りを打った瞬間にソファーからずり落ちちゃったんだ。しかもその拍子に、テーブルやソファーに乗っていた本が雪崩《なだれ》ちゃって、生き埋めになっちゃったんだ」

「は、遥くん。蓮城さんは人間なんだから、生き埋めになったら救出しないと呼吸困難で死ぬかもしれないのよ？」

「えっ、そうなの？　水中と違って空気があるから大丈夫だと思ってた！　なんてことだ！　京太郎起きて！　大丈夫かいっ？」

妖怪だからなのか、遥は常識に疎いところがあるようだ。

亜紀と遥は眠りこける京太郎のことをしきりに呼び続けた。

反応がない京太郎の頬を亜紀が叩《たた》いたところ、彼はようやく目を覚ます。

そして、空腹の猛獣のような凄《すご》みのある顔つきで、のっそりと上体を起こす。

「人が気持ちよく寝ているっていうのに、耳元で叫ぶな、喧《やかま》しい！」

「れ、蓮城さん。普通に生きてますよね？　霊体じゃないですね？」

「京太郎。僕がほっといたがために君が死んだ場合、どうやったら一緒にいられるか考えていたんだ。案としては、君の霊体をこの世に止《とど》めるために、生前やりきれなかったことを耳元で語り続けて未練たらたらにさせるって感じなんだけど……」

起床するなりズレた発言をする二人に、京太郎は心底呆《あき》れる。

「馬鹿騒ぎするな、鬱陶しい！」

京太郎の悪態を聞いた二人は、相変わらず愛想のない態度に安堵《あんど》するのだった。

京太郎が立ち上がると、遥は彼の周辺を素早く片付け整理していく。その間に、亜紀は部屋の角に向かいポットの電源を入れ、戸棚からマグカップを三つ取り出す。蒸気が出る音を聞きながら、カップを軽く濯《すす》ぎ、インスタントコーヒーの粉を投下。湯が沸き上がると、そこへゆっくりと注いでいった。

「京太郎、おやつにしよう。亜紀が隔週《かくしゅう》に五個しか販売しない、幻のダブルクリーム入りピーナッツバターパンチョコレート掛けを買ってきてくれたんだ！」

「随分と無茶苦茶なパンがあったものだな！　聞いているだけで胃もたれしそうだ」

大学構内にあるコンビニの、大学限定商品の一つ。遥はそのパンが大層気になっていたわけだが、いかんせん妖怪なので普通の人間には存在を認識してもらえず、買う事ができずにいた。そのため、亜紀が彼のために購入してきた一品である。

椿原遥のことを、多くの人間は認識しない。

亜紀と京太郎だけが、彼の姿を視て声を聞きコミュニケーションを可能とする。

亜紀は、自分が持つ稀有《けう》な目について思考を巡らせながら、出来上がったコーヒーをローテーブルに置く。手に持ったパンを訝《いぶか》しげに眺める京太郎と、さっそくパンにかぶりついている遥を眺めながら、亜紀は、自分がこの研究室に出入りするようになった時のことを思い出していた。

京太郎たちと出会った翌日、亜紀は綿谷研究室を訪れていた。

　蓮城京太郎。学内の知人に聞いたところでは、彼は東嶺館大学の文学部史学科民俗学・怪異学《かいいがく》専攻、綿谷義明《よしあき》研究室で助手を務めている。白シャツに紺色のベストという明治の文豪のような服装と、くせ毛がトレードマーク。切れ長の目とシャープな輪郭を持つ美形で、杉の木のように背が高い。そのため女子学生の中には、その抜群の容姿と寡黙でミステリアスなオーラに惹《ひ》かれ、崇拝する者がいたりする。そんな彼女たちの雑談を盗み聞きした内容によると、彼は大学にトップの成績で入学し、博士課程を修めた実績を持つ秀才らしい。

　現代の怪異を探る。そして、相応の処置をとる。

　それが、京太郎と遥の役目だという。それが実際にはどんなことなのか、亜紀には分からない。しかし、彼らの行動は、亜紀がやりたいことに近いように思えた。

　亜紀は、大学を卒業して社会へ出る頃には、怪異を認識できる能力と折り合いをつけ、まともな人生を歩みたいと考えている。そんな思いを抱《いだ》きながら、就活をしている。

　京太郎たちが怪異に対し、実際に何をしているのかを知ることで、亜紀は自分が探しているものを見つけられる気がしたのだ。

　キャンパスを歩くこと数分、ひとけの少ない場所にひっそりと建つ古びた棟の中に、目当ての研究室はあった。思い切ってノックし、扉が開いて出てきた京太郎を見るや、亜紀は突然、思いの丈を吐き出してしまう。

「蓮城さん、私を、この綿谷研究室に入れてもらえませんか？」

亜紀は京太郎の研究に興味を持ち始めていた。彼の研究を知るためには、綿谷研に居座らせてもらうのが手っ取り早いと考えたのだ。

唐突に話を切り出した亜紀を、京太郎は眉根を寄せてじっと見つめた。数秒間経って、ようやく思い出したのか、「ああ、昨日の……」と口を開いた。

「悪いが、そういう話は綿谷さんにしてくれ。俺の独断で決めることはできない」

「は、はい。えっと、それなら綿谷教授はいらっしゃいますか？」

「今はいない」

「うーん、それなら蓮城さん。ひとまず怪異学について、簡単に教えてください。そもそも怪異学ってなんですか？　そんな専攻、うちの大学にあったのなんて知りませんでした。妖怪学とは何が違うんです？」

「…………まあ、まずは中に」

研究室に入り、ぎっしりと埋まった本棚に囲まれたソファーに座ると、京太郎は亜紀の真意を図るように見つめながら、先程の質問に答える。

「時代を超えて記録された怪異資料から、その背景にある認識を抽出し、その認識を生み出した社会、文化的な特質を考えることを目的とした学問。それが怪異学だ」

「なんだか随分、論文調な言い回しですね」

「まさしく、そのまま引用している」

京太郎は本棚に納まる「怪異学の可能性」という本の背表紙を指差した。

「えーと、それって具体的にどういうことですか？」

「例えば、室町前期に書かれた満済准后日記《まんさいじゅごうにっき》には、御座所《ござしょ》の天井が鳴る現象が起きたとあり、その原因は、狐《きつね》が人間の髪を刈って天井裏に置いたせいであると記している。だが、もしも折笠の家で天井が鳴った場合、何が原因だと思うだろうか？」

亜紀は研究室の天井を見上げる。

「……天井が鳴ったのは、家鳴《やな》りだった。とか？」

「ああ。現代の家で天井が鳴った場合は、家鳴りが起きたとか、ネズミが走ったなどと考えるだろう。誰も狐の仕業とは考えない」

京太郎は書類タワーから紙を一枚つまみ取ると、次にマジックを取り出した。

「狐が人の髪を刈るわけがないし、ましてやそれを天井裏になんて置かない。それが原因で天井が鳴るなんてこともありえない。現代人であれば、誰もがそう考えるだろう。だが怪異学で行うのは、不可思議な現象に対して現代的な解釈を施すことではない。この学問では、狐が人間に悪さをすると信じられていた社会について考え、そんな社会で暮らす人間について考えるんだ」

京太郎はマジックで紙に何かを記すと、亜紀の前にそれを掲げた。

〝恠異〟

「すいません。私はそのぅ、漢字は苦手でして……」

亜紀の語彙力の低さに、京太郎は頬を引きつらせる。

「心部を表すりっしんべんに在を合わせ『恠《かい》』と読む。怪異は人の心に在るということを示す、もう一つの書き方だ」

「怪異は、人の心に在る……？」

京太郎がなぐり書きした文字を見つめ、亜紀は首を傾げる。

未《いま》だ理解が及んでなさそうな、呑気《のんき》な亜紀の顔を見て、京太郎はため息を吐《つ》いた。

「室町時代の人間は、理解できない現象が起こる度《たび》に狐の仕業と考えた。狐を悪役にすることで、理解不能な現象に対する恐怖から解放されようとしていたのだろう。こうして、『狐の悪戯《いたずら》で天井が鳴る』という怪異が生まれた。この怪異の原因は、理解不能な現象に怯《おび》える、人の心に在るということだ」

実際はどうであったかなど関係ない。そんな現実的な話をしているわけではない。ここでは、怪異話を生み出した人間の心理を問うているのだ。

「なるほど！　なんとなく分かりました」

亜紀は納得して手を打つ。

「それなら、私や蓮城さんが視ているものは、人の心に在るものってことでしょうか？」

京太郎はすぅっと眼《め》を細めた。

「そういうことだ。俺や折笠は、人の心に何が在るのかを捉える力が、普通の人間よりも鋭いということだ。怪異を認識するというのは、その怪異を出現させた人間の心を垣間見る《かいまみ》ということ。その人間の心を、言葉で語る以上に深く知るということだ」

なぜか、そう語る京太郎が酷《ひど》く悲しそうな顔をしているような気がした。けれどその目は、希望に似た光が宿っているように見えて、亜紀は不思議な気持ちになった。

「蓮城さんは怪異を研究することで、怪異に悩んでいる人たちを助けようとしているんですか？」

なんとなく、こんな質問をしてしまった。京太郎の表情は、子を守る親のように、誰かの盾になろうと決意する人間のものだったからだ。

「助けるというよりは、相応の処置をとることで怪異を収めたいだけだ」

それが、怪異を認識できる自分の役割だとでも言っているような口ぶりであった。俄然《がぜん》興味が湧いた。むしろ今までなぜ、怪異学という学問を知らなかったのだろうかと、亜紀は己の浅学さに辟易《へきえき》する。

聞いたところでは、主人である綿谷義明教授はここしばらく研究室どころか大学に来ず、授業はオンラインで行っているらしい。講義室に集まった学生の前でスクリーンを下ろし、プロジェクターを起動し資料を配布するのは全て京太郎の仕事。綿谷教授は画面越しにペラペラと蘊蓄《うんちく》を披露するだけの、少し、いやかなり適当な仕事ぶり。だから亜紀一人が研究室に無断で通《かよ》っても問題ないようだった。

これからは、綿谷研で怪異のことを知っていこう。亜紀は、そう心に決めた。

亜紀が思い出に耽《ふけ》っていると、ノックの音が聞こえた。

チョコとカスタードと生クリームとピーナッツバターが舌の上で全部混ざったので、コーヒーを口に流し込んでいた亜紀は、突然の来訪者に驚き噎《む》せてしまう。

胸を拳で叩きながら落ち着かせている亜紀の横で、京太郎が「どうぞ」と声をかけ、遥がノブを握って扉を開いた。

若い男女がそこにいた。二人とも身なりが整っていて、スナップ写真を撮られても芸能人ばりに映《は》えそうだった。タンスから手探りで引っ張りだした服を着て、五分で顔面を仕上げている亜紀とは雲泥の差である。

二人とも、入り口で立ち止まり、目を丸くしたまま固まっていた。遥が視えない二人からすれば、扉が勝手に開いたことになる。そのため状況が理解できず、その小綺《こぎ》麗《れい》な見た目と裏腹に、鳩《はと》が豆鉄砲を食ったような顔になっていた。

「何か用か？」

京太郎の問いかけで我に返った二人は、慌てて頭を下げる。

「蓮城さん初めまして。経済学部二年の上橋直哉《うえはしなおや》といいます。こっちは彼女の藤崎美《ふじさきみ》穂《ほ》です」

二人は京太郎の向かい側に座り、揃《そろ》ってもう一度頭を下げた。

亜紀は二人をもてなすために湯を沸かす。美穂がコーヒーは苦手だと言ったので、二つのマグカップのうち一つには、紅茶のバッグを入れていた。

湯が沸く音を聞きながら、直哉と美穂へ目を向ける。直哉の方は、弱めのパーマがかかった茶髪で、服は新品そうなシャツとパンツ、足には革靴を履いていた。目元は優しげで、京太郎の破壊力に比べれば劣るものの、比較的整った顔立ちの爽やかな青年だ。美穂は、そんな直哉とお似合いの華やかさを纏《まと》っていた。ハーフテールに纏めた茶髪はゆるく巻いており、パステルカラーのブラウスと膝丈スカートを身につけ、ヒールを履いている。ブランドバッグに添えられたしなやかな指の先には、美しいネイルが施されていた。

芸能人のようなオーラを放つ二人を直視できず、亜紀は視線を床に落としながら、出来上がったコーヒーと紅茶をテーブルに置いた。

それにしても、キラキラ大学生ライフを謳歌《おうか》していそうなカップルが、書物まみれの埃臭い研究室になんの用事があるのだろうか？

二人の男女は顔を見合わせ、やがて直哉が切り出した。

「あの、俺たち、蓮城さんが不可解な現象について相談に乗ってくれるって噂を聞いたんですけど」

「ああ、そうだが」

京太郎は腕組みをして即答した。

「ほ、本当に聞いてくれるんですか？」

美穂が身を乗り出して、再度確認をしてくる。

「本当だ。怪異的な話であれば、俺は相談に乗る」

京太郎が断言すると、美穂は長い睫毛《まつげ》を揺らして、安堵したように息を吐く。

「良かったな美穂。話だけでも聞いてもらえそうだ」

「迷惑にならないかなぁ？」

「大丈夫だって。とりあえず今から話すからね？　いいね？」

「分かった。直哉くんお願い！」

美穂に優しく頷《うなず》いた直哉は、静かに話を始める。

「蓮城さん、実は最近、美穂の耳が変なんです」

それは医者に話すべきことではないだろうかと、亜紀が思ったのも束の間。

「その場所では聞こえない筈《はず》の声や音が聞こえてくるらしいんです。病院で検査してもらったんですけど、異常はないと言われちゃいまして……」

聞こえない筈の声や音が聞こえてくる。それはどういう意味だろうか。

「耳を見ても、変なところはないんです。ほら」

美穂がこめかみに流れる巻き毛を指で絡め取り、小ぶりな耳を見せてきた。彼女の言う通り、特におかしな点はない。おかしいどころか、ピンクがかった耳たぶからは、涙滴型のガラス製イヤリングが下がっていて可憐《かれん》だった。

「別に、どこもおかしくないですね」

聞く限り、外的要因ではないと思えるが、話を合わせるために亜紀は相槌《あいづち》を打つ。

「そう思いますよね。見た目も普通だし。耳鼻咽喉科《じびいんこうか》からも心療内科からも、おかしいところはないって言われてます。なのに、聞こえるんですよ。たまにおかしな声や音が。まるで私の後ろに誰かがいて、襲ってくるみたいに！」

美穂の証言を聞いた亜紀は、反射的に彼女の背中へ視線を移したが、幻のダブルクリーム（以下略）を咀嚼《そしゃく》している遥が、爽やかな笑顔を見せて立っているだけだった。

「大丈夫さ、亜紀。彼女に幽霊は憑《つ》いていないよ」

遥の言葉に亜紀は安堵を感じつつ、では何が原因なのか思案する。

京太郎が腕組みを解いて、美穂をじっと見つめる。

それはまるで、診療所の医者のような眼差《まなざ》しだ。

「その声や音というのは、いつ頃から聞こえるようになったんだ？」

「あんまりきちんと覚えてないんです。気づいたら聞こえるようになってました」

「声や音は、具体的にはどんな感じなんだ？」

美穂は唇を尖《とが》らせ、眉をハの字にさせる。

「うーん。なんていうか。何人かが小声で話しているみたいな声かなぁ。音は、扉とかをドンドンッて叩くみたいな感じです」

小声の話し声や扉を叩くような音。

誰もが日常生活で聞いたことのあるありふれたものだ。

「その声や音は、いつどこにいる時に聞こえるんだ？」

その質問に、美穂は俯《うつむ》いてしまう。

「自分の部屋にいる時です。私以外、誰もいないのに」

誰もいない部屋で、人の会話や騒音が聞こえるとは思えない。

「家族や隣人の話し声ではなく？」

美穂は黙ったまま頭を横に振った。

「美穂は一人暮らしです。美穂が住むマンションの部屋には、美穂以外誰もいません。防音性が高いマンションなので、隣人の話し声とも思えないんですよ」

直哉が美穂の背に腕を回し、その細い肩を掴むと、彼女をそっと自分へ引き寄せた。

自分以外は誰もいない部屋なのに、小さな話し声や物音が聞こえてくる。

確かに不可解な現象と言える。病気でもないとすると、何が原因だろうか？

「蓮城さん。こういう現象について、何か知りませんか？」

直哉が真剣な眼差しで京太郎に問うた。彼は早く、美穂を悩みから解放してあげたいのだろう。

京太郎は驚きも戸惑いもせず、冷めた表情のまま、ゆっくりと足を組んだ。

「ひとまず、声の方から考えてみよう。その場では聞こえない筈の『声の怪異』の原因は、大きく分けて三つあると言われている」

京太郎は右手の人差し指を掲げる。

「一つ目は、神霊が霊威を現すため。あるいは、神が託宣《たくせん》を発するためだ。先祖の霊が子孫に声をかけて災害から救うケースなどが、これに該当する」

美穂になんらかの危険が及んでいることを、祖先の霊あるいは神が知らせているとでも言うのだろうか？　亜紀は首を捻《ひね》る。

「聞いている限り、霊威や託宣って程の大層なものじゃない気がしますよ？」

「同感だ」

直哉は黙ったまま曖昧な表情を見せており、美穂は顔を伏せたままであった。

京太郎は話を続ける。

「二つ目は、人間の死霊が生者に声を発する時。城跡から断末魔が聞こえたり、井戸から殺された女の泣き声が聞こえるなど、声の怪異の中には、死者が、自分が死んだ場所に通りかかった無関係の第三者に、自分の無念を訴えるものがある」

亜紀は腕組みをして首を縦に振り、ウンウンと唸《うな》る。

「いわゆる地縛霊《じばくれい》ですね。一つ目よりも耳にする可能性が高いように思います」

相変わらず話についていけないのか、直哉は苦笑しているだけだった。

「そして三つ目は、妖怪が人間へ攻撃をする時。天狗《てんぐ》の笑い声、洪水を起こす『やろか水』、山爺《やまじじい》などが発する『一声《ひとこえ》オラビ』。妖怪の発する声の中には、反応してはならないとされる声もあり、反応すると、生命が危機に瀕《ひん》すると言われている」

三つ目は一番恐ろしい。もしも三つ目ならば、美穂の生命を左右し兼ねない。早急に原因を突き止める必要がありそうだ。

幽霊や妖怪の話なんて披露したせいか、美穂が肩を震わせて直哉の胸に顔を埋めてしまった。

「藤崎さん」

京太郎に呼ばれ、美穂は顔を上げ、悲劇のヒロインのような悲しい表情を見せる。

「まずは、俺にあなたの部屋を調査させてくれないか？」

「調査、ですか？」

「ああ。部屋の中を見せてほしい。そして、その耳に何が聞こえるのか、原因は何なのかを、突き止める手立てにしたい」

美穂は困惑の表情になり、直哉と目を合わせた。

直哉の方もかなり戸惑っているようで、目を泳がせていたが、美穂に見つめられているうちに決意できたのか、渋い顔になってため息を吐いた。

「蓮城さん、お願いします。美穂の部屋を調べてください」

2

京太郎は方向音痴であった。

週末に美穂の部屋を調査すると約束した亜紀たちは、早速彼女のマンションの最寄《もより》駅《えき》で集合することにしたのだが、待てど暮らせどくせ毛の長身男と狗妖怪は現れなかった。不安になった亜紀が、事前に聞いておいた京太郎のスマホに電話をかけると、彼らは真反対へ向かう電車に乗車中であることが判明した。

「光の速さで下車して戻ってきてください！」

亜紀の指示に従って二人が到着したのは、予定時刻を一時間も過ぎた頃であった。その後も懲りずに明後日《あさって》の方向をじっと見つめては立ち止まる京太郎の腕を摑み、亜紀は美穂のマンションまで文句を垂れながら歩くのであった。

「遥くん、おかしいって気付かなかったの？」

「いやー。僕、美穂さんの家の最寄駅がどこか、聞いてなかったからさぁ」

色白美青年妖怪は、みたらし風苺ジャム入りアプリコットロールを頬張りながら適当な返事をしただけだった。


藤崎美穂が住むのは、オートロック式のマンションだった。正面玄関は自動扉で、部屋番号を入力すると美穂が応答し、二枚目の自動扉が開く。そこからエレベーターで五階まで上がると、彼女が暮らす五〇三号室が現れた。大学生が一人暮らしするには些《いささ》か豪華すぎる物件であり、必然的に美穂の親が財力のある人物であると窺《うかが》えた。

京太郎は遥に何かを耳打ちしてから、インターホンを押した。

「蓮城さん！　お待ちしてました」

美穂はシックなワンピース姿で出迎えてくれた。自宅だというのに、化粧も髪型もバッチリだったので、亜紀は読者モデルの休日を覗《のぞ》いてしまったような気分になった。

美穂に促されて室内に入ると、白い家具が並び、桃色のラグが敷かれ、花柄のカーテンがかかるガーリーな部屋が現れた。寝具はたっぷりフリルがあしらわれており、猫足のテーブルにはティーセットがセッティングされていた。息を吸うとバラのルームフレグランスが香る、お嬢様が暮らす優雅な空間が広がっているのだった。

「凄い。私のズボラ部屋とは比べ物にならないわ」

「うちの研究室とも比べものにならないねー」

亜紀と遥は、同時に感嘆する。せめて空のペットボトルでも転がっていてほしいと床を見渡すが、埃すら落ちていない徹底ぶりである。

3LDKもあるという美穂の部屋を、亜紀と京太郎は一部屋ずつ確認していった。その間に遥は、クローゼットなど亜紀たちが見ることのできない箇所をチェックし、更に壁をすり抜け、両隣や真上、真下の部屋などを確認しに行くのだった。

その気になれば物理的障害を透過できる遥の特性を目の当たりにし、亜紀は改めて、彼が妖怪であることを思い知る。

「あのぉ、何かありましたか？」

ぼんやりと遥が消えていった壁を見つめる亜紀に、美穂が不安そうに問いかけた。

「いいえ！　何もないです。こんな素敵な部屋なのに、声や音が聞こえるだなんて、信じられないです」

正直、美穂の部屋に来れば、声や物音の原因はすぐに判明すると思っていた。亜紀と京太郎の目があれば、怪異の原因は一発で捉えられるだろうと、高《たか》を括《くく》っていたのだ。それなのに、実際には声も物音も聞こえない。それらの原因になりそうな、幽霊や妖怪がいるわけでもなかった。

至極健全な、キラキラ女子の部屋があるだけだった。

ベランダの戸を開けた京太郎は、顎に手を当て、目を閉じていた。予想に反して何もない部屋を前にして、いろいろ考えを巡らせているのだろう。

「驚いたな。何もいない」

いろいろ考えを巡らせているような仕草の割に、随分と中身のない感想を述べた。

「やっぱりそうですよね。なんにもありませんよね！」

美穂は京太郎の傍に歩み寄りながら、微笑《ほほえ》む。

「ああ、すまない。まだ原因を突き止められそうにない」

「いえいえ、こうして見ていただいただけで、気持ちが軽くなりました」

美穂は、キラキラネイルが施された指先で京太郎の手を取り、両手で包み込む。

「ありがとうございます、蓮城さん！」

さらに一歩、京太郎に近寄ると、彼女は甘えた顔を見せた。

しかし当の京太郎は「別に」とつぶやくだけで、美穂のアプローチが一ミリも効いていないようだった。

「蓮城さん、折笠さん、わざわざ部屋まで来ていただきありがとうございました。お茶を用意しているので、少し休んでいってください」

そう言いながら、美穂は京太郎の腕を引き、猫足のテーブルへと案内する。直哉という彼氏がいながら、この距離感はおかしいのでは？　と表情を強張《こわば》らせながら、亜紀も付いていった。

二人が座ったのを確認すると、美穂はポケットからスマホを取り出す。

「あの、せっかくなんで、インスタ用の写真を撮らせて下さい。蓮城さんが来てくださったこと、私のフォロワーにも教えてあげたいんです！」

大学で有名なイケメン助手が部屋に来ていることをＳＮＳにアップすれば、注目度が上がると思っているのだろうか。

疑わしく思っていた亜紀は、「いんすた？」と惚《とぼ》けている世間知らずな京太郎がカメラのフレームに収まってしまいそうになっていたため、慌てて椅子から立ち上がった。

「ま、待ってください！　仮にも蓮城さんは大学職員です。男性の大学職員が、休日に女子学生の家にいるところを公開なんてしたら、あらぬことを言われかねません。藤崎さんのフォロワーから非難の声が上がるかもしれないので、やめましょう！」

下手なことができない世の中だ。あらゆる難癖を付けられ、支離滅裂な解釈をされ、京太郎が退職を余儀なくさせられる可能性だってある。そんな未来は全力で阻止しなければならない。そんなことがあっては、亜紀が困るからだ。

亜紀の発言に京太郎も状況を理解し、咳払《せきばら》いをした。

「悪いが、そういうことはやめてくれ」

「そ、そうですよね。すいません！」

美穂はバツが悪そうな表情になり、スマホを引っ込めるのだった。


「よく考えずに軽率なことして、本当にごめんなさい！」

帰り際、美穂はまだ気にしているのか、玄関先でもう一度謝罪をしてきた。

「そ、そんなに謝らなくても大丈夫ですよ！」

亜紀が宥《なだ》めるが、顔を上げた美穂は真っ青になっていた。

「本当に、ご迷惑ばかりおかけして、すいません！」

美穂のしつこい謝罪に、亜紀は疲れてしまいそうだった。

すると京太郎が美穂に近寄り、彼女の顔を覗き込んだ。

「最後に一つ教えてくれ。このマンションで良くない事件が起こったことはあるか？」

「多分、ないと思います。少なくとも、私が住み始めてからは何も起きていません」

「そうか。それなら大丈夫だ。現段階において、この部屋自体は安全と言える。だから安心して暮らせばいい」

美穂は少し困った顔をしていたが、やがてキラキラの笑顔を作り、お礼を言った。

インスタにアップすれば、天使と言われること間違い無しの笑顔であった。

*

大学四年生にもなると、履修している授業は殆《ほとん》どなくなる。しかし、就職先が決まっていない亜紀は、会社説明会へ行ったり、履歴書を送ったり、面接の練習で忙しい。

それでも、時間が空けば綿谷研に駆け込み、怪異学について少しでも学ぼうと本を開いては、小難しい言葉の羅列に目を回す日々を送っていた。

とある一社の最終面接を終えた亜紀は、今日もその足で綿谷研を訪れていた。

「結局、藤崎さんが聞いているものの正体って、なんだと思う？　遥くん」

熱心に本を読む京太郎の傍で、亜紀は糖分補給のため、キャラメルを一粒食べた。

「さあね。まだ僕もよく分からないかな」

亜紀は口を曲げて、天井を仰ぐ。

「私、藤崎さんの部屋に入った時からずっと思ってたんだけど、なんか変じゃない？」

「何が？」

キャラメル十粒を丸呑《まるの》みした遥が、両目を瞬《まばた》かせて尋ねた。

「もしも部屋から声や音が聞こえるんだとしたら、私たちにも聞こえる筈でしょ？　それなのに、藤崎さんの部屋に入った私たちは誰も、声や音を聞くことはなかった。怪異を認識できる私たちが、怪異を捉えられないなんて、そんなことあるかな？」

美穂が聞いている声や音が怪異ならば、亜紀たちにもそれを感知できる筈だ。

それなのに、美穂の部屋に入った三人は、誰一人として怪異を感知できなかった。

一体、なぜなのだろうか？

「亜紀、何が言いたいの？」

遥は小首を傾げながら、じとりとした目つきで亜紀を見つめる。

亜紀は唇を噛《か》んで黙っていたが、思い切って遥を見つめ返す。

「耳は正常だし、部屋に怪異らしき痕跡もない。他に思い当たる要因があるとは思えない。つまり藤崎さん、嘘《うそ》を吐いているんじゃないかな？」

「彼女が嘘を吐いているとしたら、一体どんな理由があるっていうんだい？」

「理由は知らないよ。藤崎さんのこと良く知らないし。でも、そうとしか考えられなくない？　遥くんだって、あれだけマンションやその近辺を調査したけど、何も分かんなかったんでしょ？」

遥は亜紀たち以上に、美穂のマンションやその周辺を念入りに調査していた。それでも、それらしい原因となるものを一つも発見していなかった。

「そうだね。確かに僕は、何も発見できなかった」

遥は目を伏せて、静かに息を吐く。

「でもね、亜紀。それだけで結論を出したらいけないよ」

本に没頭していた京太郎が、きぃっと椅子の音を立て、亜紀と遥を眺める。

京太郎の視線を感じた二人は、会話を止めて彼に注目した。京太郎は机に肘をつき、しばし熟考すると、亜紀に目の焦点を合わせる。

「折笠。妖怪学については知っているか？」

「えっと、その。よく、分からないです」

怪異の本は読んでいたが、妖怪学については名前くらいしか把握していなかった。

「妖怪学とは、井上円了《いのうええんりょう》の妖怪学講義により確立した学問であり、この学問の目的は神秘を区別し驚異を分析することだ」

　神秘を区別し、驚異を分析する。とは一体どういうことなのか？

「つまり、巷《ちまた》で語られる妖怪を、科学的説明によって区別するんだ。実在する妖怪を『実怪』、実在しない妖怪を『虚怪』とする。さらに『実怪』を、自然現象によって生まれた妖怪『仮怪』と、科学的には説明できない妖怪『真怪』に分ける。妖怪学では、この『真怪』について分析していくんだ」

　妖怪話の中には、自然現象から発生した妖怪＝仮怪や、人が故意に作り出した妖怪＝偽怪、人の勘違いなどの心理的要因から生まれた妖怪＝誤怪などがあり千差万別だ。そのため、まずはそれらを本物の妖怪か嘘の妖怪か区別していき、炙《あぶ》り出《だ》された本物の妖怪＝真怪について、分析するのが妖怪学なのだと、京太郎は説明してくれた。

　ここまで聞いた亜紀は、あっと閃《ひらめ》く。

「妖怪学的に考えるなら、藤崎さんは、偽怪か誤怪に悩まされているって言えません？　藤崎さんが、声や音が聞こえる～って嘘を吐いていたのなら偽怪。何か別の物音と聞き間違えていたのなら誤怪ってなります。どうですか？」

　亜紀の仮説は一理ある。だが、京太郎は真顔のままだった。

代わりに遥が反応する。

「亜紀の仮説は、藤崎さんの聞いている怪異が存在しないことが前提になっている。それでは、怪異のことを考えることはできないよ」

遥は何を言っているのだろう？　亜紀は理解が追いつかない。

そもそも、なぜ京太郎は妖怪学の話など始めたのだろうか？

亜紀は戸惑い、口籠ってしまった。

京太郎はゆっくりと椅子から立ち上がり、黙り込む亜紀を見下ろす。

「妖怪学は、妖怪の存在の有無を問う。だがこの考え方では、怪異を理解することはできない」

妖怪学が焦点を当てるのは、実体のあるモノ。あるいは、実体があるように思わせるモノ。しかし怪異は、必ずしもモノであるとは言えない。

「前にも言った通り、怪異学では、その怪異が信じられていた社会や人間について考える。つまりここでも、声や音の存在の有無ではなく、声や音を聞いてしまう藤崎美穂という人間について考えるべきなんだ。それが、怪異学の考え方だ」

亜紀の仮説が間違っているとは言えない。しかし、亜紀の考え方は怪異を真っ向から否定しているため、怪異を理解することには遠く及ばないのだ。

「な、なるほど」

ようやく理解できた亜紀に、遥が優しく微笑む。

「妖怪学の考え方は、妖怪を認識できない人たちのものだ。つまり妖怪を認識できる亜紀にとっては、根底からして破綻している学問なんだ。だから、亜紀がこの考え方だけに囚《とら》われたらダメだ。それは、亜紀が自分を否定することにもなり兼ねないよ」

亜紀は心のどこかで、周りの人たちと同じ価値観でありたいと思っていた。

仲間外れは嫌。人と違うのは孤独で不安だから嫌。そう思っていた。

幽霊や妖怪なんて存在しない。科学的に立証できないものは存在しえない。ありえない。そう思い込むことで、世間一般の人たちと同じようになれると思っていた。

だがそれは、幽霊や妖怪を認識する自分を否定する行為であった。

「そうだよね。もしかしたら藤崎さんは、一人っきりの時に怪異に襲われているのかもしれない。もしそうだとすれば、まだ、怪異が存在しないなんて断定できない。怪異を認識できる私が、たった一度、藤崎さんの部屋を見て何も見つけられなかったからって、怪異を否定したらダメよね」

亜紀はやっと、少しだけ怪異学という学問を知ることができた気分だった。

しかしだとすれば、藤崎美穂の怪異に迫るにはどうするべきだろうか？

京太郎の推測は、彼女は「怪音《かいおん》」に悩まされているというものだった。

「怪音って、声の怪異とは何が違うんですか？」

亜紀は二人にコーヒーを配りながら質問する。

「柳田國男《やなぎだくにお》の『遠野物語拾遺《とおのものがたりしゅうい》』に、夜中に大木が切り倒される音が鳴るが、翌朝見に行くと何も起こっていなかったという話がある。このように、何も起きていないのに音だけが人の耳に聞こえて来る怪異を『怪音』と呼んでいる。音の怪異は同氏の『妖怪名彙《めいい》』で数多くの伝承が記されている」

京太郎の説明は理解できるが、はっきり言って、「声の怪異」が「怪音」に変わっただけでしかない。一体全体どうすれば、怪異に迫れるだろうか？

亜紀は腕組みをして、出費に悩む専業主婦のような顔つきになる。

すると遥が壁の本棚を見上げ、腕を伸ばしてとある本を引き抜いた。

「亜紀。これは『妖怪談義《ようかいだんぎ》』。ここに京太郎が言っていた妖怪名彙の項目があるよ」

デスクの上に本を広げ、二人で妖怪名彙を眺める。

「シズカモチ、タタミタタキ、タヌキバヤシ、アズキトギ……。うわぁ、音の怪異がたくさん載ってる。怪音が聞こえる場所は主に、行路、家屋、山中、水上の四つだって。藤崎さんは部屋にいた時に聞こえたってことだから、家屋が当てはまってるね」

亜紀はしばし、忙しくページを行ったり来たりしながら、その項目を読み耽る。

「うーん、多くの怪音は夜に発生するのね。あと、なんだかどれも曖昧な感じ」

「なんでそう思うの？」

「例えばシズカモチだけど、こつこつって音が餅を叩く音に聞こえるって書いてあるけど、なんか抽象的よね。私は、お餅を叩く音ってあんまり馴染《なじ》みがないから、もし同じ音を聞いても、違う表現をすると思う」

真剣に考察する亜紀を見ていた遥は、彼女の顔を覗き込む。

「そうだよ、亜紀。怪異って、人の主観なのさ。とてもパーソナルな現象なんだよ」

客観性に乏しい、人の内側から引き起こる現象。

つまり、美穂の怪異を解明するには――

「そっか。つまり、藤崎さんの主観を探ればいいのか！」

亜紀は天才的な閃きを得たように興奮し、その勢いのまま歩き出す。

「おい、どこへ行くんだ？」

唐突な彼女の行動に、京太郎が驚いて声をかける。

「私、藤崎さんのことを少し調べてみます」

亜紀は高らかに言い放つと、そのまま研究室を出て行くのであった。

＊

藤崎美穂は典型的な清楚《せいそ》系女子大生だ。衣服は主にワンピースや膝丈のスカート。化粧品はプチプラが多いが、ポイントで高価なものを使用する。靴は美脚効果のあるヒールが多い。月に一度は美容院へ行ってメンテナンスを行う。ネイルは自前で、ネイリストの資格を持っている。ＳＮＳのフォロワーが多く、大学のミスコンに出場した経験もある。将来の夢は、女子アナか気象予報士。

「う〜〜ん。お金をかけるところ、かけないところのメリハリをつけながら、常に美意識を保っている、まさに理想的な女子大生って感じだなぁ」

亜紀は、美穂のＳＮＳを眺めながら感嘆する。彼女のＳＮＳアカウントを見ているだけで、彼女の情報はわんさか発掘できた。動画チャンネルも開設しているようで、『みほりんが教える、初心者でもできる簡単ネイル講座』という番組を配信しているようだった。動画を閲覧すると、亜紀たちも訪れた彼女のお嬢様部屋の一部が映っている。

「動画配信もするから、あんなに綺麗な部屋にしてたのかぁ。凄いわぁ。私はとても真似《まね》できないな～」

特別な美人というほどではないが、見目を整えているため品の良いお嬢様の雰囲気が出ている。家は裕福で、直哉という彼氏もいる。だからといって驕《おご》り高ぶっているわけではなく、将来の夢のための勉強や、自分を保つための美容の勉強をする努力家。ジムで軽い運動もしており、お金の使い方も配慮している。

非の打ち所がない。多少のあざとさがあるが、精々《せいぜい》その程度。

「まさに、女子が憧れる女子大生ね。女神の爪の垢《あか》を煎じて飲んだに違いないわ」

半ば呆れたように呟《つぶや》いた亜紀は、経済学部の講義棟前のベンチに腰をかけていた。この場所にいれば、美穂と遭遇することができると考えたからだ。

綿谷研を飛び出した亜紀は、美穂のことをネット上で調べ、その情報をインプットした。そして現在、彼女と接触すべく授業終了を待っているのだ。

やがて授業終了時刻になると、学生たちが一斉に講義棟から流れ出てきた。

亜紀は素早く立ち上がると、美穂の姿を探し始める。

大勢の中から一人の学生を見つけ出すのは困難かと思ったのも束の間。何人かの男女とともに、美穂と直哉が出てくる姿をすぐに発見できた。

案の定と言えばいいだろうか、彼女たちの周りにいる男女は誰もがキラキラオーラを放っていて、近寄り難《にく》い雰囲気だ。

「亜紀、話しかけに行きなよ」

背後から声が聞こえたので振り返ると、遥がいた。

「遥くん、いつのまに……。でもほら、なんか話しかけにくいっていうか、話しかけたら迷惑になりそうっていうか」

「亜紀。人目がつくところで僕と話すと、危ない人って思われるから気をつけて」

近くを通り過ぎていく数人が、一人で宙に向かって話す自分を怪訝そうに見ていることに気づき、慌ててワイヤレスイヤホンを耳に押し込んだ。

「ああ、うん、ごめん。あとでまた電話するね～」

亜紀は誰かと電話をするフリをしながら、美穂たちキラキラ集団を追い始めた。


美穂と直哉は、その他男女数名とともに学食でランチタイムを過ごしている。

亜紀は彼らからやや離れた席に座り、耳にイヤホンを付けたまま、安いうどんを啜《すす》りつつ彼らを観察していた。本当は美穂に話しかけたいが、なかなかタイミングが摑めず、結果としてストーカーのように彼女を観察する羽目になってしまったのだ。

亜紀の隣に座っている遥は、大学コンビニ限定、安納芋入りジンジャー食パンを美《お》味《い》しそうに頬張りつつ、美穂たちを眺めていた。

普通の人間に遥は視えない。そして食パンも、遥が手に取った瞬間に、普通の人たちには視えなくなってしまうという仕組みのようだった。

「ねえ亜紀。藤崎さんと接触できたとして、何を聞くつもりだい？」

「いやその、正直、特に何も考えてないんだ。ＳＮＳでいろいろ情報は拾ったから、それを参考に、普通の友達みたいに一対一でお話しできたら、藤崎さんのことをもっとよく知ることができるかなーとか思っているんだけど……」

しかし今現在、彼女に接近する隙がない。

美穂は、直哉や友人らとテーブルを囲みながら笑っている。とても怪異に悩まされている人には見えない。誰が見ても、幸せそうな女子大生だ。

しかし次の瞬間、ふと笑うことを止めた彼女はさっと視線をこちらへ向けた。

美穂は両目をぱっちりと開き、亜紀のことを凝視する。

「わわっ！」

慌てて美穂に手を振り、軽く頭を下げた。

なんだかいたたまれなくなってきた亜紀は、最後の一本のうどんを急いで吸い上げると、逃げるように学食を後にした。

「わ〜、やっちゃったな。藤崎さん、私のこと変な人って思っちゃったかも」

いきなり目が合うとは思わなかったので、亜紀は落ち込む。

「彼女、人の視線とかに鋭敏そうだもんね。どんまい！」

遥の慰めを聞いた亜紀は、ふと、やたらしつこく謝る美穂を思い出した。

京太郎とのツーショットを撮影しようとして、亜紀が止めた時のことだ。

「もしかして藤崎さんって、神経過敏とか自意識過剰気味なのかな？」

綿谷研を目指して歩いていた亜紀と遥だったが、ふと小気味良いヒールの足音が聞こえてきたので、会話を中断して背後を振り返る。

「あのっ。折笠さん！」

美穂が、巻き髪を優雅に揺らしながら、亜紀を追いかけてきていたのだ。

亜紀は遥と目を合わせ、首を傾げる。その間にも、美穂は走り寄って来る。

「少し話したいんですけど、今いいですか？」

亜紀の目の前で立ち止まった美穂は、息切れしながら話しかけてきた。

まさか美穂の方から接近してくるとは思わず、亜紀は呆気《あっけ》にとられていた。

＊

「この間は、話を聞いてくれてありがとうございました」

「いえ別に。大して力になれず、すいません」

亜紀と美穂は、大学のカフェテリアにいた。

ストーカー紛《まが》いな行為をしてしまったと後ろめたさを感じている亜紀とは対照的に、美穂は初夏の緑のような清々《すがすが》しい笑顔を見せていた。

「なんだか、折笠さんと蓮城さんにご迷惑をおかけしたままみたいで、すごく悪いなって思ってたんです。だから、お詫《わ》びといってはなんですが……」

美穂はバッグからなにやら取り出し、亜紀の前に差し出した。

透明なＯＰＰ袋に包まれたクッキーが、ピンク色のリボンでラッピングされていた。

「わ！　そんな、大袈裟《おおげさ》ですよ。まだ解決もしていないのに」

「受け取ってください。あと、この件に関してはもう大丈夫です」

「もう大丈夫って、どういうことですか？」

聞き返す亜紀の前で、美穂は巻き髪を片手で払い、カバンからポーチを取り出す。

「うーん、なんていうか。声や音が聞こえるのは本当なんですけど、慣れてるから大丈夫なんですよね。直哉くんに甘えたいなーって思って軽く話してみただけだったのに、彼ってば凄く心配してくれたんです。病院に行くまでは良かったけど、蓮城さんのところへ相談に行こうってなった時は、やりすぎかもって思っちゃって」

美穂はポーチから取り出したコンパクトを開けて、リップを塗り直しながら話す。

「でも、もし私の部屋に幽霊とかいたら最悪だから、それは調べてもらいたいって思ったし。蓮城さんみたいなカッコイイ人が来てくれるのは嬉《うれ》しいなって思ったから、みなさんをお招きしたんですよ」

ローズ色のリップを引き、上唇と下唇をキュッとくっつけ色を馴染ませると、美穂は挑発的な目つきで亜紀の顔をじっと見る。

「それより、折笠さんってなんで綿谷研究室に出入りしているんですか？　折笠さん英文学科ですよね？　関係ない人なのに、なんで蓮城さんと一緒にいるんですか？」

いきなり話題がすり変わり、亜紀は呆然《ぼうぜん》としてしまう。

女子が憧れる理想の女子大生、藤崎美穂。彼女はどんな人間なのか？

なぜ彼女は今、化粧バッチリの戦闘モードで亜紀を見つめ、京太郎との関係を聞き出そうとするのか？　というか、亜紀が英文学科の学生という情報はどこから入手したのか？ ＳＮＳのアカウントは見る専で、ネット上には殆ど個人情報を記していない亜紀のことを、美穂はどこまで把握しているのだろうか？

「あの。なんかいろんな話が出てきたので、一気に回答します」

亜紀は、テーブルの上に置かれた貢物《みつぎもの》を美穂の方へ押し返す。

「まず、ここまでしていただく必要は一切ないので、これはお返しします。それから、上橋くんは藤崎さんのこと本気で心配してると思うので、大丈夫ってことを彼にも伝えてください。あと、私が綿谷研に出入りしているのは、怪異学を学びたいからです。蓮城さんは怪異のことにとても詳しいので、お話を聞かせてもらってるんです」

回答し終えた亜紀は、妙な変化に眉根を寄せる。

美穂が、虫けらを見るような目で亜紀のことを眺めていたのだ。

その時、どす黒い感情が全身から噴出されているかのように、彼女からラジオのような音が聞こえてきた。音量が小さすぎて聞き取れないが、それは何人かの人の声と物音が入り混じっているようだ。

「えっ？」

驚いた亜紀が耳を澄まそうとすると、美穂が唐突に立ち上がる。

「そろそろ行かなくちゃ。折笠さん、お時間とらせてすいませんでした」

彼女は相変わらず笑っていた。

しかし亜紀には、それが笑顔には見えなかった。

*

「藤崎美穂が怪異を解決する気がないことなど、最初の段階で気づいていた」

綿谷研のソファーに腰を下ろした京太郎は、コーヒーを啜りながら淡々と言った。

「え？　なんで気づいたんですか？」

「自分に関わる相談ごとのくせに、上橋に話させていた。その時点で、彼女は恋人の上橋に甘えたいだけであり、問題解決にはあまり興味がないと分かった。彼女の部屋の調査だって、結局は上橋が許可を出したわけだしな」

直哉が美穂の代わりに話を進めるばかりで、美穂自身から申し出る姿はなかった。

本当に問題を解決したければ、美穂の方から真剣に相談してくる筈なのだ。

「それにさ。僕は周辺調査で見てなかったけど、藤崎さん、調査が終わるなり京太郎と一緒に写真を撮ろうとしたんでしょ？　京太郎と接近したいっていう下心が丸分かりだよね」

遥がデスクに腰をかけ、足をぶらつかせながら呟いた。

亜紀の心がもやもやとしてきた。

だが、それと怪異は別の話だ。

「でも今日、藤崎さんから小さな雑音みたいなものが聞こえました。彼女が怪音を聞いているのは嘘じゃないと思います」

怪音はおそらく存在する。しかし、当の美穂に解決する気がない。

その場合、亜紀たちに何ができるのか？　それとも何もしないで終わるのか？

懊悩《おうのう》する亜紀を見た京太郎が、組んでいた足を下ろした。

「藤崎は解決する意思がない。そんな人間の相手をするほど、俺は暇ではない。この案件は、これ以上こちらが行動することに意味があるとは思えない」

京太郎がすぐに行動に移さなかったのは、美穂の態度から彼女の本音に気がついたからだった。本人が望んでいないのに相手を続ける程、京太郎はお人好《ひとよ》しな性格ではない。美穂から頼まれない限り、これ以上この怪異を探《さぐ》るつもりはないのだろう。

優雅にコーヒーブレイクを続ける京太郎を見つめながら、亜紀は考える。

本当にこのままで良いのだろうか？　本人が望んでいないことを理由に、この怪異を放置して大丈夫だろうか？　危ない怪異だった場合、亜紀たちは美穂を見捨てることになってしまう。そんなことがあっても、京太郎は平気なのだろうか？

「でも、彼女が心配じゃないですか？」

美穂を放置することを自分自身に納得させようとしたがうまくいかず、亜紀は罪悪感に苛《さいな》まれる。そんな亜紀の内心を見透かしてか、京太郎はふぅとため息を吐く。

「もちろん。心配でないわけではない」

「じゃあ、やっぱり何かしましょうよ。放置するのは、ダメだと思います」

京太郎が、鋭い目を亜紀に向ける。

「放置するわけじゃない。具体的な行動には移さないだけだ」

それは放置することと同じではないのだろうかと、亜紀が思ったその時。

遥がパッと顔を上げた。

「亜紀、大丈夫。こちらが行動しなくても、向こうから来ることだってあるから」

彼は普段通りの優しい口調でそう述べると、デスクから飛び降りて扉へ向かう。

「向こうから来る？」

遥を目で追いながら亜紀が質問したその時、再びノックの音が聞こえた。

タイミングよく扉の前に辿《たど》り着《つ》いた遥は、ノブを握り、訪問者を出迎えた。

「あれ、またドアが勝手に。これ自動？　あっこんにちは、上橋です。この間はお世話になりました。今って大丈夫ですか？　ちょっと聞きたいことがあるんですけど」

現れたのは藤崎美穂の恋人、上橋直哉だった。

＊

一人で綿谷研を訪れた直哉は、京太郎の向かい側に腰を下ろし、コーヒーを飲んで一息つくと、お盆を持って立っている亜紀を見上げ、再び京太郎へ視線を戻した。

「ついさっきなんですけど、美穂が、自分はもう大丈夫だと言ってきたんです。変な声や音が聞こえるけど困っていないから、もう心配するなと言うんです。でも、この間まで凄く怖そうにしていたのに、なんでいきなりそんなこと言ったのかなって思って。蓮城さん、美穂の部屋を調査してくれた時、本当に何もなかったんですか？」

どうやら美穂は、亜紀の提言を聞き入れ、自分は怪異に困っていない旨を直哉に伝えたようだ。しかし、心底悩んでいた恋人がいきなり開き直ったかのようなことを言い出したため、直哉は状況が飲み込めず、かえって混乱してしまったようである。

「彼女の部屋に幽霊や妖怪はいなかった。他に原因はないかと考えた時、マンション付近の人通りが多いことが気になった。もしかしたら、誰かが会話している声が、べランダの戸を開けた時にでも、室内へ届いているのではないかと考えた」

京太郎が幽霊や妖怪以外の可能性も考えていたことに亜紀が驚いたのを見て、遥は白い歯を見せる。

「僕は、幽霊や妖怪の気配だけを探していたわけじゃない。主婦の溜《た》まり場《ば》や学校との距離感、建物の配置や構造などから、声や音が美穂さんの部屋に届く可能性がどれだけあるのかを調査していたんだよ。それは京太郎も同じ。駅からマンションへ歩いている道中から、京太郎の調査は始まっていたんだ」

京太郎が行き先とは無関係の方向をしばしば見つめていたのも、周囲の環境を観察していたのだろう。

亜紀は京太郎と直哉へ視線を戻す。

直哉は身を乗り出して、京太郎の話を聞いていた。

「確かに、いくら防音性が高いとは言っても、ベランダを開ければ、人の声が聞こえそうですね」

例えば、どこかで家庭内暴力が繰り広げられていて、その声や音が聞こえていたのなら、美穂はそれに恐怖するだろう。しかし、美穂自身に直接関わってくる出来事とは言い難い。音楽を聴くなりして気を紛らわせてしまえば、美穂に害はない。となれば、彼女がこの件にさほど困っていないことも理解できる。

「俺は、実際にベランダの戸を開けてみた。その際、確かに多少の物音や人の声らしきものは聞こえた。だが、藤崎さんを困らせている怪異とは思えなかった」

「な、なんでですかぁ？」

直哉は気の抜けた声を上げた。

「声や音について説明していた際、彼女が妙な表現をしていたのを覚えているか？」

京太郎の質問に、直哉は口籠ってしまった。記憶を辿っているようだが、すぐには出てこないのだろう。彼よりも先に、亜紀がその発言を思い出した。

「まるで後ろに誰かがいて、襲ってくるみたい。と、言ってましたね」

「ああ。その表現から推測すると、外から響いてくる声や音とは考え難い。そもそも、響いてくる声や音が、藤崎さんを襲おうとしている内容だったなら、すぐに警察へ通報するだろう？」

ＳＮＳなどに顔出ししている美穂に、ストーカーがつく可能性は十分あるだろう。そのストーカーが、美穂への嫌がらせとして、声や物音を彼女に聞かせていたのなら、それは「襲ってくるみたい」な状況と言えるだろう。だが、もしもそんなことが起こっていたのなら、直哉や京太郎に相談するより先に、警察や両親に相談するのが自然だ。美穂の話し方からして、そこまで凶悪な事が起きているとは考えられない。

直哉はううむと唸る。

「確かにそうですね。でもだったら、一体美穂に何が起きているんだ……」

「あの。もうこのことについて調べなくていいって、藤崎さんに言われたんですよね？　それでも上橋くんは調べるんですか？」

亜紀の言葉を聞くと、直哉は唇を嚙み、訳あり気な目つきで彼女を見つめた。

先ほども、彼はなぜか、亜紀のことを見上げていた。

亜紀に対し、何か思う事でもあるのだろうか？

「あ、変なこと聞いちゃいましたね。恋人なんだから、心配ですよね！」

「いや、その。えっと。美穂から大丈夫だって言われた瞬間は、もういいやって思ったんですよ。だけどその後に、美穂が言ってたんですよ」

直哉は京太郎を一瞥してから、亜紀のことを忌々しそうに見上げる。

「折笠さんが蓮城さんと仲良くする時間を、美穂が奪うことになるから、もう調査はおしまいにした方が良いだろうって」

「は？」

亜紀は開いた口が塞がらなかった。隣に立っている遥は笑いを堪えており、ソファーに座る京太郎は片眉を吊り上げていた。

「折笠さんが英文学科の四年生ってことを、美穂は英文学科の友達から聞いたらしいんですよ。英文学科の学生なのに、怪異学の研究室を出入りしているってことは、きっとその、そういうことに違いないって、美穂が言ってて」

そういうことって、どういうことだ？

「で、もしも美穂が、自分の悩み事を棚に上げて、折笠さんの恋路《それ》を応援しようとしていたんだったら、それはちょっと美穂が優し過ぎると思ったんですよ。あんなに怖がっていたのに折笠さんの事情を思いやって身を引くなんて、マジで天使だと思うんですけど、でも俺は嫌だと思ったんです。美穂が困ったままなんて、俺は絶対に嫌です。だから、俺だけで蓮城さんに相談しに来たわけで。あ、すいません……」

亜紀はローテーブルを両手で叩く。

「上橋くん、それは違います。私は怪異学の勉強をするためにここにいるに過ぎません。そういうことなんかじゃありません。どうかご理解ください！」

亜紀は正しい情報をしっかりと直哉にインプットしてやった。

美穂の戯言《ざれごと》を抜きにしても、直哉が彼女を心配する気持ちは変わらない。

「蓮城さんの話を聞いたら、余計心配になりました。せめて原因くらいは明らかにして、美穂の悩みを分かち合いたいんです」

藤崎美穂は、問題を解決する意思がない。

上橋直哉は、問題の解決を望んでいる。

二人の意見は異なるようだった。

「藤崎さんは望んでいないようだが、それでも解決したいか？」

「はい。美穂には幸せでいてほしいですから」

直哉は迷う事なく頷いた。

顎に手をあて考え込む京太郎を、亜紀は眺める。

「ちなみに。上橋くんは、その声や音を聞いたことはないのか？」

「ないです。美穂とオンラインで会話した時に、いきなり美穂が嫌そうな顔をして耳を塞ぐことがありました。でも、画面越しでは何も聞こえませんでした。美穂の部屋に行ったこともありますが、俺は、不審な声や音を聞かなかったですね」

京太郎は眉をぴくりと動かした。

「藤崎さんが聞いている姿を、見た事があるのか？」

「はい。まあ、オンライン通話してた時に、ちょっとだけですけど」

「どんな話をしていた時に、藤崎さんが声や音を聞いていたか覚えてるか？」

直哉は天井を仰ぎ、当時の様子を思い浮かべる。

「最近だと、旅行やナイトプールへ行く話をしていた時で、以前も確か、マリトッツォで有名なパン屋に行こうと話をしていた時に、同じようなことがありました。普通にデートするだけじゃなくて、写真映えするところに行って、二人の最高な写真を撮ってインスタにアップするのが俺らの楽しみ方なんです。だから、流行《はや》っているお店とかホテルとか調べておいて、どこに行こうか二人で会議するんです。その時に、たまに美穂は、耳を塞いで苦しそうにしていました」

楽しい話をしている筈なのに、恋人が苦しそうにしていることがある。

確かに、直哉にとっては不安になってしまう出来事だろう。

「それである日、美穂がようやく、その場所では聞こえない筈の声や音が聞こえることがあるって、話してくれたんです。ずっと心配だったからすぐに病院へ行ったけど、医者でも原因は分からなくて、それで蓮城さんのところに来てみたんですけど……」

直哉は項垂《うなだ》れてしまった。彼は美穂以上に、美穂の怪異を気にかけているようだ。

こんな彼を見ても、京太郎はまだ動かないつもりだろうか？

亜紀がそう考えていると、彼は徐《おもむろ》にソファーから立ち上がり、本棚の前でウロウロし始める。

「人に見られる。つまり他者の視線。他者の言葉が聞こえている？　他者の声？」

彼はぼそぼそ呟きながら、本棚の前を行ったり来たりしている。

「蓮城さん。どうかしました？」

亜紀と直哉は、戸惑いながらそんな彼を見ていた。

「写真映えする部屋、写真映えする見た目。それは全て人から見られることを意識しているから。撮影を断った時にしつこく謝罪をしたのも、相手に悪い印象を与えないため？　であれば、部屋は関係ない。だから折笠はさっき、藤崎本人から怪音を聞いたのか」

京太郎はおでこを人差し指で突きながら、険しい顔で考えている。

「折笠の恋路のために身を引くと言ったのも、他人想《おも》いな優しい人間であることを、上橋にアピールするため。事実を捻《ね》じ曲《ま》げてまで他者に良く見られようとする行動。そんな行動に駆り立てるような、そんな怪異。つまり、彼女の行動を支配する怪異」

そこまで言い終えた京太郎は、突然足を止めて亜紀たちの方を振り向いた。

「怪音の正体。大体分かったぞ」

その台詞《せりふ》を聞いた直哉は、反射的に立ち上がった。

「本当ですか蓮城さん！ じゃあ、美穂はもう悩まないですみますか？」

「それはまだ断言できない。だが、解決するための道筋を作ることならできる」

直哉は逸《はや》る気持ちが抑えられないのか、一歩踏み出す。

「それでもいいです。どうか、美穂を助けてください！」

直哉は京太郎に頭を下げる。

京太郎はしばらく熟考している様子だったが、やがて何かを思い立ったのか、ようやく首を縦に振るのだった。


直哉が綿谷研を立ち去るとすぐに、遥が蒸し器の湯気のような真っ白い煙に覆われた。亜紀が瞬きした次の瞬間、彼は全身真っ白な毛に覆われた狗に変化していた。

「遥。藤崎さんを東庵《あずまあん》へ連れてきてくれ」

京太郎の指示に、遥は引き締まった顔つきで「了解！」と声高に返事をした。

遥が狗の姿になったのは美穂の捜索のためだ。直哉に連れてきてもらおうとしたが、スマホの電源を切っているのか、美穂にはつながらなかったのだ。

「よし亜紀。今から藤崎さんの捜索を始めるよ。付いてきて！」

遥は意気込んだ様子で亜紀に声をかけると、研究室の扉をすり抜けて廊下へ消える。

「あ、ちょっと遥くん。待って！」

亜紀は慌てて扉を開き、廊下を走っていく遥を追いかけるのであった。

3

白狗化した遥は素早く、亜紀は己の脚力を全開にして必死で追いかけた。

遥は鼻先で感じ取る臭いを頼りに複雑な経路を進む。彼は物理的障害がないので、壁も床も通り抜けるし、五階の窓から飛び降りて悠々と着地するし、赤信号も平気で横断するし、電柱によじ登って屋根の上をアクロバティックに移動する。そんな白狗を追うのは、凡人の亜紀には至難の技で、幾度も人や物に衝突し、足を滑らせ階段を転がり、トラックの運ちゃんには怒鳴られるのだった。

市内のショッピングモールでネイル道具を買っている美穂を発見した頃には、亜紀は顔も髪も衣服も乱れ、ぼろ雑巾のようになっていた。遥の姿が視えない美穂は、いきなり登場した亜紀に当惑し、怪訝な目を向けていた。

「藤崎さん。先ほどはどうも。どういうわけか、上橋くんがとんでもない勘違いをしていたんですけど、心当たりはないですかね？」

「どうしたんですか、折笠さん。直哉くんが勘違い？ なんのことです？」

顎に手を当てて惚ける美穂に、亜紀は歯ぎしりした。

「まあ、それはもうどうでもいいです。それより、今から私と来てもらえますか？」

「え？ なんでですか。私、用事があって――」

「蓮城さんが呼んでいるんですよ」

「え、蓮城さんが？ なら少しだけ……」

あっさり手のひらを返したことに呆れながら、亜紀は美穂を大学へ連れていくのだった。


東嶺館大学には「東庵」と呼ばれる古びた茶室がある。茶道部が使用するために存在する場所だが、この大学の茶道部は部員減少のため活動停止中だ。そのうち無くなってしまう危機に瀕していると、どこかで聞いたこともある。

木々に覆われ薄暗く、廃墟じみた茶室へ連れてこられた美穂は、眉を顰めた。

「折笠さん、なんでこんなところなんですか？」

「知りません。でもここが、蓮城さんの指定した場所です」

美穂に二の句を言わせないうちに、亜紀は躙口《にじりぐち》を開き、中へ入るように誘導する。

恐る恐る身を屈《かが》め、その狭く低い入り口から室内を覗いた美穂は、畳の上に正座でじっとしている蓮城京太郎の姿を確認すると、いそいそと入っていった。

美穂は京太郎の向かい側に正座した。白狗姿の遥は、京太郎の斜め後ろでお尻を落とし、澄ました顔でいる。亜紀は躙口の近くで正座し、一同を眺めた。

「いきなり呼び出したりして、すまない」

「いいえ別に。でも、一体どうしたんですか？　蓮城さん」

よく見ると京太郎の膝元には、和蠟燭《ろうそく》と燭台《しょくだい》が置いてあった。

その時、茶室の照明が消えた。亜紀が消したのだ。

「きゃっ。何？」

美穂が小さな悲鳴を上げてすぐ、京太郎の膝元にあった蠟燭が灯《とも》された。

暗闇の中、蠟燭の灯《あか》りだけが揺らめきながら輝く。その橙色《だいだいいろ》の灯りは、京太郎の秀眉を妖しく照らし上げている。

「怪異は視界が利きにくい環境で発生しやすい。そのため、照明を消させてもらった」

火を灯すのに使用したマッチを傍に置くと、京太郎は美穂と目を合わせる。

美穂は不安そうに京太郎を見ていた。

「蓮城さん……何を始めるんですか？」

美穂の声は少し震えていた。無理もない。突然狭くて暗い個室に閉じ込められれば、ホラー好きでない限り、その不気味さに震えたくもなる。

京太郎は静かに息を吸い込むと、穏やかな口調で話し始める。

「『方丈記《ほうじょうき》』で知られる鴨長明《かものちょうめい》が晩年に暮らした『草庵《そうあん》』は、この茶室と同じ四畳半だった。彼はその方丈の住まいにて、災害や戦争、飢饉《ききん》、人々の地獄の様相など、自身が体験した世の動乱を綴《つづ》った。四つ壁の狭い空間でたった一人になることで、彼は自身の心、自身の内側から出てくるコトと向き合い、筆をとった。

ここに呼んだのは、藤崎さんを苦しませる怪音に見当がついたからだ。今からこの四畳半の空間で、あなたを蝕《むしば》む怪異を露《あら》わにし、この問題の解決を試みようと思う」

京太郎はその漆黒の虹彩《こうさい》を光らせ、美穂をじっと見つめた。

「自分の部屋で、なにを思い起こしているのか。それを俺に教えてくれないか」

美穂は蠟燭の火を見ながら、唾を飲み込む。

視界は悪い。蠟燭の火は揺れるので、目が痛くなってくる。

わけが分からなくなってきて、美穂は両目を閉じた。

「……なにを思い起こしているかって、そんなことを聞かれても分からないですよぉ。

なんで知りたいんですかぁ」

その時、美穂の背後から鈍い打撃音が響いた。

亜紀は咄嗟《とっさ》に美穂の後ろへ目を向けるが、特に何も見当たらない。

「であれば聞き方を変えよう。あなたはいつも、何に支配されているんだ？」

「支配って……？」

再び、彼女の背後から打撃音が鳴り響く。

「なぜ現実でもネット上でも自分をアピールし続けるのか。なぜ嫌われることを過度に恐れるのか。なぜ事実無根な話をしてまで、上橋くんに良い顔をするのか。それらの行動に藤崎さんを駆り立てるものはなんなのか、教えてくれないか」

京太郎の言葉を無言で聞いている美穂の周囲で、喧しい音が鳴り響いていた。

美穂はゆっくりと両手を上げると、耳を塞ぎ縮こまる。

「れ、蓮城さん。藤崎さんに何が起こってるんですか？」

亜紀は焦って美穂の背後へ注目するが、何も見当たらない。

打撃音は鳴り響く。彼女が最初に証言していたように、誰かが扉を叩く音に聞こえる。茶室には亜紀たち以外誰もいない。たとえ茶室の外側から何者かが壁を叩いても、壁の厚みで音が濁るので、ここまでクリアで暴力的な音にはならないだろう。

明らかに怪音であった。

借金の取り立てのように扉をドンドンバンバンと叩く音にも思える。これは一体なんなのだろうか？

京太郎と遥は、眉をピクリとも動かさず、銅像のように座っている。

やがて、打撃音の中に別の音が混じっていることに気がつく。


「嘘つきぃ！　美穂ちゃんの嘘つき！　全然私と一緒じゃないじゃない！　こんなおっきなおうちに住んでるなんて聞いてないよ！　お金持ちのおじょーさまのくせに、庶民ぶったりしないでよぉ！　美味しいご飯も、可愛《かわい》い服も、海外旅行もしたことあるくせに、貧乏人に同情しないでよ！　この嘘つき！」

それは少女の叫び声だった。

美穂の背後にある土壁に目を凝らすと、土壁が扉の形を模していた。その扉をしきりに叩いているのは、どうやら扉の向こうにいる少女のようだ。彼女は扉を叩きながら、美穂を罵る言葉を叫び続けている。

しかしやがて、扉を叩く音は鳴り止《や》む。大声を上げていた少女は、大人に連れて行かれたようで、叫び声が徐々に遠のいていった。

一安心。と思ったのも束の間。

突然バタンと激しい音を立てて、土壁の扉が開かれた。

「美穂ー。ハワイのお土産だよ。アウラニのリゾート行ってきたの。美穂はどこの国に行ったの？　百合子《ゆりこ》はシンガポールだってさー」

扉から、女子たちの影が数人現れる。

「え？　美穂って今年は海外じゃなかったの？　うっそー可哀想《かわいそう》。え、受験だから行けなかった感じ？　そっかー。真面目だねー」

少女たちの影は、美穂の背後ではしゃぐ。

「でも今時さぁ。勉強ができたってつまんないよね。なんか実力とかないとさ」

「この人のインスタ見てよ。見た目とか実際見たら結構普通そうだけど、めっちゃ人気なの。こういうの実力だよねー」

「本当だぁ。確かにセンスっていうの？　なんか光ってる感じがして憧れる〜」

影は土壁や床にこびり付く黴《かび》のように陰湿で、それらは女子たちの話し声を上げながらぬらぬらと揺れている。

影の存在に怯えるように、美穂は両耳を塞いだまま体を丸めていった。

やがて、その少女たちの影も、扉の向こう側へと帰っていった。

入れ替わりで、複数の女性の影が登場する。

「藤崎さん、前に百均のラメでめっちゃ可愛いネイルやってたでしょ？　あれさー、私にもやって！　藤崎さんネイルのセンス超良いから、資格とったら仕事になるよ」

「動画配信とかしても良さそう！　藤崎さん部屋とか絶対キレーなタイプっしょ？　だったら今すぐ始められるって」

「えー。美穂ちゃんフォロワー千人超えとかすごーい。私も最近千人突破したんだー。やっぱりフォロワー多くないとダメだよねー。がんばろ～！」

「ねえ今度合コン行かない？　社会出てからだと出会いがなくって婚期逃すから、今の内に有望株捕まえておかないと！」

やがて、女性の影と同じくらいの、男性の影が加わる。

男性の影の中の一人が、美穂の背中に触れて屈《かが》み込んだ。

「美穂。僕と付き合ってくれてありがとう。絶対大事にするからね」

直哉の声。それは直哉を模した影だ。

直哉の影は、べったりと美穂に貼りついていく。

「俺ら最高のカップルだよね。俺も美穂も結構学校で人気あるしさ、ネットでもたくさんの人が見てくれてる。一緒に良いとこ旅行とかしてさ、もっと俺らの魅力分かってもらおうぜ」

気がつけば、無数の人影が、美穂を押し潰さんばかりの勢いで迫ってきていた。

扉からは次々とあらゆる人影が押し入ってきて、好き勝手な言葉を吐き続けている。

四畳半の茶室の、半分以上の面積が人影で占拠されてしまった。

「なんなの。この人影は」

亜紀は躙口に背中をくっつけながら、目の前の光景に愕然《がくぜん》とする。

「ふ、藤崎さん。大丈夫ですか？」

額を畳につけて縮まる美穂が心配になり、亜紀は四《よ》つん這《ば》いで彼女に近寄る。

耳元にへばりつくありとあらゆる言葉の渦に飲まれぬよう、意識を強く保ち、亜紀は右腕を伸ばし、美穂の腕に触れる。

「藤崎さん。しっかりして！」

だが。その時。

美穂は腕を振り上げ、亜紀の手を払い落とした。

大量の人影に囲まれた美穂は、真っ暗な目を亜紀に向けてくる。

「やめてください折笠さん。私、あなたみたいな人って大嫌いなんですよ。ズボラでみっともないことを恥じもしないで、のうのうと生きているあなたみたいな人、見ているだけで虫酸が走るんですよ。大学生のくせに化粧は薄いし、服だって男子中学生かよって感じ。クソダサいのもほどほどにしたら？　あなたみたいな人って、私みたいな人間を心の底でバカにしているんですよ。SNSに依存してバカみたいとか、毎日お洒落《しやれ》して大変そうとか、人の目を惹くことに夢中になっちゃって他にすることないわけ～とか。そういう老害みたいなことを思っているんでしょ？　分かりますよ口にしなくたって。そのくせ蓮城さんに媚《こび》売ったりして。それで勝ったつもりですか？　怪異学を学びたいからです？　何よ偽善者！　あなたはただ、イケメンに擦り寄りたいだけでしょ！」

美穂が瞼《まぶた》を大きく開く。光の宿らぬ目は漆黒で、どこを見ているのか分からない。

彼女の周りに群がる人影も亜紀を見ている。

突如、人影の頭が変形する。

「私は常に理想的でなければいけないの。世の中、私の家よりも裕福な家はたくさんある。私より勉強できる人もたくさんいる。だからそれ以外で、人が羨む実力を身につけなきゃいけない。期待してくれる人たちを裏切らないように、私は恵まれている憧れの人でいなければならない。直哉くんが喜ぶような女でいなければならない。そうやって努力してるの。私は。折笠さん、あなたみたいな努力しない人とは違うの！」

人影たちの頭には、角《つの》が生えていた。

角を生やした人影たちが、美穂の背中、頭、肩、首、腕、胴体に、乗り上がったり、絡みついたりして、彼女を圧迫していた。

美穂は、その重さに体を軋《きし》ませながら、亜紀を親の仇《かたき》のように睨んでいる。

亜紀の堪忍袋の緒が切れた。

「何よそれ。被害妄想も大概にしたら？　私がいつあなたをバカにするようなことを言ったのよ。全くもって意味が分かんない。どんな思考回路なわけ？」

音を立てて畳を踏みつけた亜紀は、言葉を続けた。

「大体ねぇ。私がダサい格好をしていようが、化粧が薄かろうが、あなたには関係ないでしょ？　そんなことで、なんであなたにあーだこーだ言われなきゃいけないのよ。人の行動を指定する権利なんて藤崎さんにはないでしょ？　バッカみたい！

蓮城さんに近寄って、一体何に勝つっていうのよ。こっちはねぇ！　生まれつき持っている自分の目にずーーっと悩んでいるのよ。その悩みをなんとか解決したくて、蓮城さんを頼っただけよ。顔とかステータスとか、そういう上っ面で物事を判断してばかりだから、自分自身のことさえも分からないんじゃないの？　きゃっ」

亜紀は美穂に突き飛ばされた。

尻もちをついた亜紀が顔を上げると、目の前に大量の人影が迫っていた。

ベタベタと畳や壁を這《は》い、ぐちゃぐちゃと小声を発する影たち。

扉は、亜紀のことを責め立てるように、途切れることなく叩かれている。

「鬼……」

角が生えた人影を前に、亜紀は思わずそう呟いた。

今や人影に覆われ、よく見えなくなった美穂の声が響く。

「私のことなんて何も知らないくせに。私だって普通の家の平凡な女に生まれていればこんな苦労しなかった。貧乏な人や平凡な人って、自分より裕福な人を色眼鏡で見てくる。だから私はその色眼鏡通りになってやった。金持ちだから、お洒落だし綺麗だし彼氏だっているしネイルの実力あるしフォロワーもチャンネル登録者数も多くて超ジュージツしてるのよ。私はみんなの理想どおり。これで満足でしょ？　てね！」

呪いのように吐き出された美穂の言葉と同時に、鬼たちが一斉に亜紀の方へ襲いかかってきた。亜紀の手足や首に絡みついて、みるみるうちに拘束していく。

「藤崎さん！」

亜紀は美穂に何かを訴えようとするが、その口も鬼によって塞がれていく。鬼たちは亜紀を圧迫し、理想を語る言葉が耳から脳に染み渡り、亜紀のことを支配していく。体に力が入らず、自分の意思がみるみる削《けず》り落とされ、無力感に苛まれていった。

と、その時。

ちりん。と風鈴のような音が鳴った。

目を動かすと、視界の端に京太郎が立っていた。

京太郎は右手に小さな鈴を持っていた。

ちりん。

彼は右手のスナップをきかせ、鈴を鳴らす。

鳥のさえずりに似た高音で、品があって穏やかな、それでいて存在感のある鈴の音が、京太郎の手元から鳴り続けている。金属の玉が転がる、軽やかで透明感のある音色が耳に入ると、不思議とそれ以外の音が取るに足らない雑音に成り下がっていった。

京太郎は忙《せわ》しなく鈴を鳴らし続けている。

やがて、鬼たちの動きがスローモーションになったように鈍くなってきた。

涼やかな鈴の音が空気を振動させて、部屋中に染み渡っていた騒々しい怪音を押し除け、静寂へと導いていく。

鬼たちがみるみる形を損なっていき、扉へずるずると引き下がっていく。

やがて扉すらも土壁に飲み込まれ、美穂や亜紀を襲っていた全てが消えていった。

美穂が、しきりに鳴る鈴の音に顔を上げる。

立て膝になった京太郎が、美穂に声をかける。

「自分の心を、理解できたか？」

京太郎に問われた美穂は、憔悴《しょうすい》仕切った様子で項垂れる。

ちりん、と最後の音を鳴らすと、京太郎は蠟燭の火を吹き消すのだった。

＊

亜紀は水場で飲み物を用意した。いくら茶室とはいっても、お抹茶を用意する時間はなかったので、綿谷研から持ってきた緑茶パックを使った。照明がついた室内に戻ると、美穂と京太郎が修行僧のように口を引き結んだまま、正座で対峙《たいじ》していた。

「あの、どうかリラックスしてください」

亜紀が二人の前に緑茶を置いてから数秒。喉が渇いていたらしい美穂が、堪え兼ねたように湯飲みを手に取り、最初に飲み出した。

一息ついた頃、京太郎が美穂の膝先に、先ほどの鈴を置いた。

「国学者として知られる本居宣長《もとおりのりなが》が『古事記伝』を書いていた四畳半の書斎を、『鈴《すず》屋《のや》』という。彼は、騒音や雑音から逃れ執筆に集中するために、鈴の音を聞いていたという。もし、自分を支配する忘れ難い記憶を思い出し、その時に聞いた声や物音に魘《うな》されるようなことがあったら、彼のように、この鈴を鳴らすといい」

美穂は、畳に転がる鈴を、両手でそっと拾い上げた。

彼女は手のひらで転がる銀色の鈴を、どこか感慨深そうに見つめている。

「だが、鈴は単なる対症療法でしかない。本当に怪音から解放されるためには、藤崎さんが変わっていかなければならない」

「変わるなんてできません。だって変わっちゃったら、みんなにどう思われるか」

美穂はすっかり甘えた話し方をしなくなっていた。亜紀や京太郎の前でそんな話し方をする意味がないと気づき、吹っ切れているのだろう。

「なぜ、変わりたくないと思うんだ？」

美穂はぼんやりと天井を仰ぎ、しばらく考えに耽っていた。

やがてため息を吐くと、彼女はぽろぽろと、自分の話を始めるのだった。

「私は、割と裕福な家に生まれました。だから、裕福ではない家の子からは嫌われました。同じ立場にいるフリをされるのは惨めだから、もう付き合いたくないと言われたんです。だから私は、お金持ちらしく振舞うように努力しました。そのうち、恵まれた幸せな人になることが、自分の義務になっていきました」

怪音は、美穂が付き合ってきた友人たちの言葉だった。

その言葉はどれも、無意識のうちに美穂のことを理想で縛りつけていた。

「お金持ちの人ってたくさんいます。私の家よりも裕福な家はたくさんありました。それと同じように、私よりも可愛い子だっていっぱいいて、私より勉強ができる子や、スキルが高い子もいっぱいいました。私は平凡で、そのままでいたら普通の女の子でしかなかった」

普通の女の子でいると、裕福な人たちから見下される。

普通ではダメだ。せめて見下されないくらいにならなければいけない。

「完璧にはなれなくても、私は普通よりは優れた女の子じゃなきゃダメだと思いました。みんなが憧れる人たちの一員にならなきゃいけないって思ったんです」

美穂は渋い表情になって、一息《ひといき》吐《つ》いた。

京太郎は眉を顰《しか》めた。

「普通より優れた人間になるためには、普通の状態である自分を戒める必要がある。

だから、かつて友人たちが語っていた言葉を記憶に留《とど》め、定期的に思い出すことで、自《みずか》らを鼓舞し、優れた人間でい続ける活力にしているってことか？」

京太郎の指摘に、美穂は深く頷いた。

「そうです……。嫌なことを思い出して、もうあんなこと言われないようにしようって何度も誓っていた。私、そうやって頑張ってきたんです。だから、変わるなんてとてもできそうにはないです」

亜紀が身を乗り出す。

「ねえ。それならどうして、上橋くんに相談したの？　怪音を聞くことで自分を鼓舞していたのなら、彼に怪音のことを相談する必要はないよね？」

「それは直哉くんに甘えたかったからって、言ったじゃない」

「甘えたいなら、別に怪音の話じゃなくてもいいでしょ？　テストの範囲覚えられなーい、助けてぇ！　とか言って甘えたって良かったじゃない」

美穂が、明らさまに亜紀を睨んだ。

彼女はもう、無理やり笑顔で取り繕うことはしないようだ。

美穂は亜紀から目を逸らすと、笑顔とは真反対の、苦渋の表情になる。

直哉に甘えたかったから。彼女はそう言うが、本当にそれだけだろうか？

自分を戒める意味で、かつてあらゆる人たちから言われた言葉を頭の中に思い起こし、嫌になるくらい繰り返し聞き、そうすることで平凡から脱しようと努力してきた。

自分自身がどういう人間なのか、自分で分からなくなるくらい、美穂は必死で裕福な家の娘像を装い、充実した女子大生を装い、他人の理想を逐一聞き入れ、他人の顔色を窺って、常に有利に、常に勝ち組に、常に憧れてもらえるように振舞ってきた。

けれどふと、思ってしまったことがあった。

「それは、だって……」

美穂は、直哉にだけはどうしても期待してしまうことがあった。

「直哉くんと一緒の時くらい、ありのままの私でいたいから」

フォロワーなんて多くなくても、お姫様みたいに綺麗な部屋でなくても、化粧ばっちりでなくても、ネイルの技術がなくても、自分を受け入れてはくれないだろうか？

平凡で普通の女の子の自分を、受け入れてはくれないだろうか？

そんな風に思ったからこそ、美穂は直哉に怪音の話をしたのだ。

しかし美穂は、「その場所では聞こえない筈の声や音が聞こえる」と話したため、言葉のままに受け取った直哉は、彼女が病気なのかもしれないと考え、病院へ連れて行ったりしたのだった。

京太郎は緑茶を啜ると、足を崩して楽な体勢になる。

「己を律することと、己を追い詰めることは異なる。藤崎さんは今、過去に自分を追い詰めてきた人たちに囚われ、自分で自分を追い詰めてしまっているんだ。このままでは、他者の意見がなくては自分を見ることができない人間になってしまう」

「でも、それじゃあどうすれば……」

京太郎は湯飲みを置くと、己の胸の辺りを指で小突く。

「さっきみたいに、自分の本当の想いに素直に応じるんだ。その上で、自分はどうしたいのか考えていけばいい。誰の言葉を聞くのか、誰の言葉を聞かないのか。それを自分の考えの許《もと》で取捨選択していくんだ」

直哉と一緒にいる時くらい、ありのままの自分でいたい。

そう感じた時のように、自分の感情に素直に応じながら物事を考える。

「そして、嫌われることを恐れる必要はない。たしかに社会で働くことになったら、仕事を合理的に進めるために己を偽る場面もあるだろう。だが、プライベートでまで己を偽っていたら身が持たない。ありのままでいる藤崎さんを嫌う友達や恋人がいるのなら、そういう人間にはとことん嫌われろ。そして、無理なく接することができる人間といればいい。俺はそう思う」

「で、でも。どうしても、嫌われたらどうしようって、思っちゃうじゃないですか」

京太郎はちらりと亜紀を見る。

「折笠に対して、嫌われても仕方のないことを平気でしているのは誰だ？」

美穂はギクリとする。

思えば美穂は、亜紀に偉そうな態度をとったり、嫌がらせに近いことをしている。

周囲に良い顔をすることがモットーの美穂にはあるまじき行動だ。

亜紀に嫌われても構わない。亜紀に相手にされなくても屁《へ》でもない。

そう思っていなければできない行動だ。

彼女は亜紀を見下しているのか？　それとも亜紀に嫌われたいのか？

疑心暗鬼になりながら脳みそをぐるぐる回して考え込む亜紀へ、美穂が体を向けた。

「折笠さん」

「な、何？」

「さっきは失礼なこと言ってごめんなさい」

「い、いえ。こちらこそ、バカとか言ってごめんね」

美穂はぎこちなく笑う亜紀を睨み、口の端を曲げる。

「男子中学生は言いすぎたわ。でもちょっとダサいって思ってるのは本当」

「え、えっと。そっか」

「ムカつくのよ。あなたみたいにベースが良いくせに、化粧も服も地味な人」

「ん？」

「ほんの少しくらい綺麗にしなさいよ。あなた、人生損しているわ」

捨台詞《すてぜりふ》を吐くと、美穂は京太郎にお辞儀をした。

そして、巻き髪を優雅に揺らしながら躙口を開け、東庵を颯爽《さっそう》と立ち去っていった。

美穂が考えていることは、亜紀にはよく分からないままだった。

4

亜紀はまた会社に落ちてしまった。

最終面接までいった会社だったので、割と落ち込んだ。何が悪かったのだろうかと、過去の己の行動を思い起こすと、その全てが悪かったように思えて、その心はネガティブ海峡に沈み込んでいくのだった。美穂から言われたダサいという言葉が今更心に突き刺さり、スーツの着こなし方がダサいから落ちたのかもしれないという妄論さえもが、頭の中をちらついてしまう始末であった。

「亜紀。なんだか憔悴しているけれど大丈夫かい？」

大学コンビニ限定、干錦玉《ほしきんぎょく》風餡《あん》パンにかぶりついた遥が、頬をもごもごご動かしながら、ソファーに突っ伏している亜紀に声をかけた。

「遥くーん。私ってやっぱり、ダサいのかなぁ？」

「え。どうだろう……ところで、ダサいってなに？」

そこへ、授業を終えた京太郎が綿谷研に飛び込んできた。彼はローテーブルに書類をぶち撒けると、亜紀の反対側にあるソファーに突っ伏した。

「おかえり、京太郎。随分疲れてそうだけど大丈夫かい？」

「ああ、問題ない」

「そんな風には見えないけどな。ほら、これあげるよ」

遥は亜紀が買ってきた奇妙なパンを少し千切り、京太郎の口に突っ込んでやった。

そのパンを一口食べた京太郎は、急に目を見開き、亜紀が用意してくれたコーヒーを凄《すさ》まじいスピードで飲み干す。

「和物同士なら合わせても良いと思っているんだろうけれどな、甘いものと甘いもののコラボは舌を殺すんだ。いつになったらうちのコンビニはそれを学習するんだ！」

「え〜。僕は美味しいと思うんだけどな」

遥が残念そうに呟きながら、残っているパンをモグモグしていた。

その後、美穂や直哉の訪問はなかった。しかし、数日前たまたま校内で顔を突き合わせた際、美穂は今までで一番の清々しい笑顔を、亜紀に見せてくれていた。

「あの、蓮城さん。結局、藤崎さんの怪音って、なんだったんですか?」

亜紀は座っている京太郎を覗き込み、ずっと気になっていた疑問を投げかけた。

その途端彼は真面目な表情になって、さっと頭を上げる。

「鬼だ。彼女の心に住まう鬼の仕業だ」

彼はくせ毛をかき上げ、綺麗な額を見せながら話を続ける。

「『常陸国風土記《ひたちのくにふどき》』にて登場して以来、鬼はあらゆる文献に登場する。それら鬼の文献の中には、『平家物語―剣の巻―』の宇治《うじ》の橋姫《はしひめ》のように、もともとは人間だった者が鬼になったという話がある。鬼という語は時に、人間を脅かす人間を示すことがあるんだ」

亜紀は思考を巡らせる。

「藤崎さんの友達や上橋くんが、鬼?」

「いいや。今回の鬼の正体は、藤崎の友人や上橋の一面でしかない。自分の理想を藤崎に押し付けるかのような発言をする彼らは、藤崎の脅威となっていた。理想を押し付ける言葉を吐く彼らの一面が、藤崎にとって鬼だったんだ」

中には悪気なく吐かれた言葉もあっただろう。しかし、美穂にとって、高い理想像を語る友人や直哉は、見えない糸で美穂を拘束してくる存在＝鬼となっていたのだ。

「鬼というのは、支配的な性質を持っている。大和《やまと》言葉の『おに』と『かみ』は、どちらも、超自然的な畏敬すべきものという意味だったんだ。そのうちの『おに』には、中国より伝来してきた『鬼』の字が充てられ、人間に災いを齎《もたら》す超自然的な存在と、捉えられるようになったという」

亜紀は天井を見上げて唸る。

「うーんと、つまり。鬼は神と同じように、人間を支配できる強い存在？」

「そうだ。理想を語る友人や上橋は、藤崎の価値観や行動を支配してくる存在だった。だから、鬼の姿をしていたんだと思われる」

「なるほど」

亜紀は腕組みをして難しい顔になる。怪異素人《しろうと》の亜紀には理解に時間がかかるのだ。

遥がニコニコと楽しそうに微笑みながら、会話をしている二人に近寄ってきた。

「それなら藤崎さんの怪音は、『鬼の出現を示す音』って感じだね」

遥の発言に、京太郎は「そうだな」と呟いて、結論を導き出す。

「藤崎を苦しめていた怪音は、『乱声《らんじょう》』と言えるだろうな」

亜紀はスマホで軽く調べてみる。

検索に引っかかったサイトによれば、乱声とは、「芸能において鬼が登場する際に告げる音」であるようだった。しかし面白いことに、とある博物館のサイトは、この乱声のことを「神の登場を促すもの」と記してあるのだった。

「スマホで調べるのも良いが、本を読め。折笠」

京太郎が適当に、手元にあった本を一冊、亜紀の前に差し出した。

活字に若干の抵抗がある亜紀は、その表紙を忌々しげに眺める。

「えーと、『古事記伝』？　ああ、本居宣長の『古事記伝』ですか？　これ」

「そうだ。まあ、『古事記』の方を読んでも構わないがな」

「『古事記伝』と『古事記』は何が違うのでしょうか」

亜紀の質問に、京太郎は心底呆れる。

「『古事記伝』というのは、本居宣長が『古事記』を解読した内容が記されているものだ。いくつもの怪異譚《たん》が載る『古事記』を、彼は四畳半の鈴屋で解読し続けた。記された内容を深掘《ふかぼ》りしていく中で、怪異に飲まれそうになることもあったと考えられる。だから彼は、部屋に鈴を用意して、執筆に集中できない時は鈴を鳴らして己を整えた」

亜紀は瞠目《どうもく》する。

「本居宣長は、怪異から身を守るために鈴を鳴らしていたってことですか？」

亜紀や京太郎と同様に、かの国学者も怪異を認識することができたのだろうか？

京太郎は、僅かに笑ったような表情をしていた。

「そんな可能性もあるかもしれない、という話だ」

京太郎は意味深げに呟くと、分厚い本を開くのだった。

カルテ02　白狐とヘビガミのコト

1

　蒸し暑い季節が訪れた。冷暖房完備の大学の講義室は快適かと思いきや、冷やし過ぎで凍えそうだったため、授業が終わった途端に亜紀《あき》は講義室から飛び出し、コンビニで買い物をすると、綿谷《わたや》研究室へと走っていった。スライディングするように入室した綿谷研で一息つこうと試みるも、その室内は旋風が吹き荒れたような有様《ありさま》の上、サウナのように蒸していた。

「うえ〜〜。一体なんですか、この部屋は」

　亜紀は開口一番、部屋の惨状に文句を言った。

「やあ亜紀。実はちょっとクーラーが故障しちゃってね。代わりに京太郎《きょうたろう》が持ってきた扇風機をつけたんだけど、そしたら紙が風に吹かれて散らばっちゃったんだ」

　遥《はるか》は散らばった紙束を回収していた。彼の言う通り、ソファーの近くに扇風機が置いてあったが、現在は停止中のようだ。そのため親の仇のように暑い。

　亜紀は窓辺にある机へ目を向ける。そこには顔を伏せてすやすやと眠る京太郎の姿があった。近寄って見下ろすと、額に汗が滲んでいて、くせ毛の一部が頬に貼り付いており、彼の首筋から背中にかけて、窓からの太陽光が容赦なく照射していた。

「遥くん。こんな蒸し暑い部屋で直射日光に晒《さら》したまま、爆睡させちゃダメだよ。蓮《れん》城《じょう》さんは人間なんだから、熱中症になっちゃうよ！」

「え、そうなの？　僕、暑いとか分からないから気づかなかった！」

こうして二人は言い合うこととなり、その騒々しさに苛立った京太郎が、疲労困憊《ひろうこんぱい》の顔つきで嫌そうに起床するのだった。

窓を開き、扇風機の頭を上向きにして、室内の空気を循環させると、亜紀はエコバッグから大学構内のコンビニで購入した品々を取り出した。

夏の限定商品、ミントアイス入りジンジャーショコラロールパン。目を輝かせてパンにかぶり付く遥を横目に、亜紀は棚から出したグラスに、一リットルペットボトルに入った緑茶を注ぎ、保冷バッグから氷を取り出した。それをグラスに二、三個落としたものを、京太郎へ素早く手渡す。

「どうぞ飲んでください。蓮城さん」

京太郎は、それを一気に飲み干してしまったため、亜紀はもう一度同じものを作って、再び差し出すのであった。

そんな風に亜紀が暑さ対策を行っていた時、扉を三回ノックする音が聞こえてきた。

小気味よく鳴らされた音に亜紀が振り返った途端、扉が勢いよく開かれた。

「蓮城！　ちょっと用があるんだけどいいかしら？　て、何よこの部屋。茹《ゆ》で釜のようじゃないの。よくこんな地獄のような環境に居られるわね！」

現れたのは、タイトなスーツに身を包んだ女性だった。ベリーショートの髪型がとても似合う美人だ。

「文句は、エアコンを直せない貧乏大学に言ってくれ」

「はあ？　綿谷研が申請していないだけじゃないの？」

「綿谷さんが庶務課に舐《な》められているみたいでね。どうせ研究室にいないなら、修理する必要はないだろうと言われた。これで俺や折笠が熱中症になったら、大学を訴えるつもりでいる」

「大学も怠慢かもしれないけれど、綿谷先生ももう少し、研究室の環境改善に尽力するべきなんじゃないかしら？　なんたって、この私も今、博物館の環境改善のために綿谷先生になんとかしてほしい案件がありますからね」

女性は、足元の資料を器用に避けながら、ずかずかと京太郎の前まで接近した。

「綿谷さんになんとかしてほしい、案件？」

京太郎は女性の言葉を反芻《はんすう》じながら、怪訝な面持ちで彼女を見上げる。

「ええ、そうよ。これ以上は容認し難いことがあるの」

「どういうことだ？　俺は何も聞いてないぞ？」

京太郎の返事を聞いた女性は、こめかみを指で押さえ、ため息を吐く。

「ちょっと一緒に、博物館まで来てくれないかしら？」

彼女は腰に手を当て、高圧的に言うのだった。


東嶺館大学には付属博物館があり、主に研究史料の展示や研究結果の発表の場となっている。黒御影《みかげ》造りのシックな建物の内側は、巷で見かける博物館同様、史料毎《ごと》にコーナーが分けられ、薄暗い照明の下であらゆる展示物が顔を覗かせている。

亜紀たちは、閉館間際《まぎわ》の閑散とした博物館を訪れていた。

「挨拶が遅れてごめんなさい。私は、大学付属博物館に勤務する水口絵里《みずぐちえり》です。蓮城とは学生時代に同級生だったの」

背筋をピンと伸ばした絵里は、品良く微笑みながら亜紀に自己紹介をした。

亜紀はその存在感に気圧《けお》され、ぎこちなく頭を下げた。

絵里は颯爽とした足取りで展示スペースを通り抜け、頭上に非常口の緑ランプが灯る扉を開くと、関係者のみ立ち入りが許されている博物館の裏側へ進んでいった。

「おい水口。そろそろ少しは話してくれないか？　俺に何の用があるんだ」

搬入用の巨大エレベーターに乗り込んだ辺りで、京太郎が彼女の白い首筋に向かって話しかけた。

「今年の春先に、綿谷先生があるものを博物館に置いていったのよ。今年中にはなんとかするから、一時的に置かせてくれと言ってね」

「あるものってなんだ？」

「今から、それをあなたに見せようとしているのよ」

亜紀はふと、腕組みをしながら立っている絵里を見上げる。彼女は眥《まなじり》を吊り上げていて、口の端を不満そうに曲げている。美人が台無しだった。

京太郎も絵里の話を受け、眉根を寄せて、渋い顔になっていた。

その時、そばに静かに立っていた遥が、パッと顔を上げて瞼を大きく開いた。

「ん？」

瞳孔を大きくして、遥はしばらく固まっていた。

エレベーターが、絵里の指定した地下二階に辿り着く。

その途端、遥は煙に紛れるようにその青年姿を滲ませ、次の瞬間には白狗の姿となって、先に廊下へと駆け出していってしまった。

絵里の案内で地下二階の廊下をしばらく進むと、それは突如現れた。

「ここが収蔵庫よ。貴重な史料を保管している場所だから注意してね」

絵里の傍には、高さ三メートル近くある金属製の二枚扉があった。黒塗りの扉には、開閉時に使用すると思《おぼ》しき銀色のハンドルが二つ据え付けられている。左側の扉には玄関扉ほどのサイズのくぐり戸が嵌《はま》っていた。

絵里はポケットから鍵を出すと、くぐり戸を手早く解錠し、内側の照明を点《とも》す。

亜紀たちは彼女に続いて、巨大な扉の内側の空間へと、足を踏み入れるのだった。

「うわぁ。凄い」

収蔵棚が並ぶ空間を目にして、亜紀は思わず感嘆の言葉を漏らす。

数多《あまた》の展示品、史料が保管されている巨大な箱型の空間。白い調湿パネルが壁を覆い、床はナラの板が貼り巡らされている。背の高い金属棚や、小物を保管する木製の棚などがずらりと並び、それは圧巻の光景であった。

絵里は、冷たく乾いた空気が充満する中を進んでいき、突き当たりの棚の前で立ち止まった。

「ここよ」

絵里が足元に視線を落としていたので、亜紀もそちらを見る。

「亜紀、京太郎。見てごらん」

先に訪れていた白狗の遥が、こちらを振り返る。棚の一番下の段には、遥の胴体より一回り大きい物体が、薄汚い白布に被《おお》われた状態で置かれていた。

絵里が物体に被《かぶ》さる布を剝ぐと、台座が壊れた狐の石彫《せきちょう》が出現した。

「神社の狐？」

亜紀が呟いたその時、石彫からぬらりと、白い毛に覆われた動物が出現した。

ひっそりと石彫に身を寄せ、アーモンド型の昏《くら》い眼でこちらを見上げているのは、煌《きら》めく稲穂のような白毛を持つ、一匹の痩せた狐だった。

「えっ」

狐に驚いた亜紀が、よろめいて後ろへ倒れそうになったので、京太郎が支えた。

亜紀の奇妙な反応に、絵里が眉を顰める。絵里には、狐の姿は視えていないようだ。

京太郎は亜紀の横を通り抜け、狐像へ近づく。

狐に対して毛を逆立てて威嚇している遥を片手で制した京太郎は、ゆっくりと膝をついて狐像の観察を始めた。

「これは、稲荷神社《いなりじんじゃ》の白狐《びゃっこ》か」

白狐。稲荷神社に祀《まつ》られる宇迦之御《うかのみ》魂《たまのかみ》神の眷属神《けんぞくしん》だ。

なぜ大学博物館の地下に、白狐の石彫があるのだろうか？

狐像は巻物を咥《くわ》え、前足を揃えて座るシンプルなポーズだった。しなやかな体のラインや、張りのあるなめらかな曲面が見事に表現されており、顔や足先などの細かい部分の表現も豊かで、作り手の技術が高いことが窺える。だが、長い年月を経ているからか、随所にヒビや傷、削れが見受けられる。台座の底面には割れた痕があり、像全体が少し傾いていた。

「後ろ側を見て」

絵里に指示され、京太郎は棚に頭を突っ込み、狐像の背面を観察する。派手に壊れている台座を見ていた京太郎は、その表面に妙な凹凸があることに気がつき、指先で触りながらその部分を確かめる。

「光石《こうせき》　彫刻……。前半部が欠けてなくなっているが、これは作り手の名前か？」

壊れた台座には文字が刻まれていたので、京太郎はその一部を読み上げた。

「そうだと思うわ。石工《いしく》の職人で同じ名前の人がいないか調べてみたら、戦前に活躍していた俵《たわら》光石という石彫家が出てきたわ。狐を作ったという記録は出てこなかったけど、狛犬《こまいぬ》や仏像を制作していたそうだから、この狐像も彼の作品だと考えられるわ」

絵里の話を聞きながら、京太郎は立ち上がり腕組みをする。

「つまり綿谷さんは、その俵光石が作ったと思われる狐像をここに置き去りにした。君はこれを、助手である俺にどうにかしろと、そう言っているのか？」

「そうよ。本来ここには、博物館の物しか置けないの。綿谷先生の頼みだから特別に場所を貸したけど、一体いつまで貸せばいいのかしら？」

「迷惑をかけて悪かったな」

「分かったら、早いところなんとかしてちょうだい」

二人の会話を聞きながら、亜紀は足元の白狐を眺めていた。

白狐の体毛は毛羽立っていて、体は骨格が浮かび上がり、表情は虚《うつ》ろであった。

遥が恐る恐る話しかけると、白狐は昏い眼を細めて、額と鼻の頭に皺《しわ》を寄せた。

白狐からは眷属神の神聖さよりも、野良犬のような狂暴性が感じられるのだった。

研究室へ戻る亜紀たちの後ろを、白狐が付いてきていた。

亜紀と白狗姿の遥は、ひっそりと付いてくる白狐が心配になった。

「ねえ君。御神体《ごしんたい》の狐像から離れるのは、あまり良くないいんじゃない？」

遥が話しかけると、白狐はゆっくりと鼻先を上げた。

「今更、良いも悪いもない」

やや年老いた、中性的な声で白狐は応えた。

「我は、我の狐像が壊れている間に何があったのか知りたいのだ」

「あの石彫の御神体、壊れていたのかい？」

遥が目を丸くして尋ねると、白狐は殺しそうな勢いで彼を睨んだ。

「我の狐像は、半年前までは壊れていたのだ。石屋が修復してくれたおかげで、こうやって再び、我はこの世に姿を現せるようになったのだ」

亜紀と遥は、白狐の凄みのある表情に息を呑《の》む。

「狐像が壊れていた間は、我の存在も消えていた。消えていた間の出来事は、我には分からない。だから知りたいのだ。なぜ我の狐像は、壊されたのかを。そして、なぜ我の狐像は、この大学に運ばれたのかを。その間に、何があったのかを！」

台座部分が欠けていたことを亜紀は思い出す。狐像が壊されていたというのは、本当のことだろう。

この白狐に何が起こったのだろうか？

首を傾げる亜紀の前で、京太郎が立ち止まり、扉のノブを握った。

そのノブを回し、扉を思い切り押し開けた瞬間。

一同に目掛けて、コピー用紙の束が一斉に吹き付けてきた。

「うわっ！　なになに」

亜紀は思わず両手で顔を覆い、驚いた遥は青年姿へ戻り、白狐は素早く天井近くまで浮かび上がった。

「噂をすれば影ってか」

癖毛に引っかかった用紙を片手で払うと、京太郎は忌々しそうに室内を睨む。

「おや。なんだか賑《にぎ》やかだねぇ。主人の居ぬ間に仲間を増やしたのかい？　蓮城」

室内から聞き慣れないバリトンボイスが聞こえたので、亜紀は反射的に顔を上げる。

「そういうあなたは、随分とご立派な置き土産をされましたね。綿谷さん」

亜紀の視線の先には、天狗《てんぐ》がいた。

正確には、白い鈴懸《すずかけ》を纏《まと》い、腕に数珠《じゅず》をかけ、頭には黒漆《くろうるし》で塗り固めた小さな丸い頭襟《ときん》を装着し、白木の長い杖《つえ》を手にし、一本歯下駄《げた》を履いた長髪の中年男が、デスクの上に座って怪しく微笑んでいるのだった。

＊

天狗のような服装で研究室にいたのは、主人の綿谷義昭《よしあき》教授だった。研究室があまりに暑いため、資料室の扇風機を持ってきて、二台の扇風機を全力で回していたらしい。それでも暑い空気が滞留しているため、窓を開けていたところ、京太郎が扉を開けたので風の通り道ができてしまい、紙束が亜紀たちの方へと吹き飛んだのだった。

その片付けをしたのは無論、亜紀と遥だった。

怪異学の教授、綿谷義昭。肩まで伸びる長い髪を後ろで一つに括りながら、彼は歌い出しそうな弁舌で、誰一人として聞いていないのに、自分のことを話し始めた。

「やぁ、始めまして、折笠さん。綿谷義昭といいます。僕はね、ちょっとここ半年近く山に籠っていたもんで、全く大学に来られなかったんだ。あ、なんで山にいたかというとそのヒントはこの天狗のような服装。そう、お察しの通り。僕の正体は山伏《やまぶし》でね、霊山《れいざん》で修験道《しゅげんどう》の修行をしていたのさ。山伏は天狗のような服装で山に入るからね！」

天狗のような服装を見たところで、亜紀が何も察せなかったのは言うまでもない。

ソファーに座る一同に冷えた緑茶を配った亜紀は、苦笑しながら腰を下ろした。

「いやしかし。山と違ってここは暑いねぇ。やっぱりクーラーは直してもらわないといけないなぁ。もう少し真面目に勤務しているような雰囲気出しとくんだったなぁ」

京太郎がズズッと音を立てて、緑茶を啜った。

「俺を殺す気か、この天狗親父《おやじ》。早急に修理のための資金提供を求める。大学からではなく、あなたの懐《ふところ》からだ」

「いやぁ、悪かったよ、蓮城。許してくれ。温泉饅頭《まんじゅう》を買ってきたからさ」

綿谷は、経年変化した牛革の鞄《かばん》に片手を突っ込み、温泉饅頭の箱を取り出した。

亜紀が受け取りローテーブルに広げると、遥が尻尾を生やして饅頭を見つめた。

「クーラーはちゃんと直しておくから安心してくれ。まあ、それはさておき」

綿谷はなぜか、天井付近を見上げた。彼の視線の先にいるのは白狐。

「白狐が付いてきているということは、あの狐像を見つけたんだね」

視線を固定したまま得意げな表情で発言する綿谷に、亜紀は仰天する。

「え！　もしかして、綿谷先生も私たちと同じ、視える人なんですか？」

「私たちと同じ。ということは、折笠ちゃんには白狐が視えているんだねぇ」

「あ、えっと。そうですが……」

戸惑う亜紀を見て、綿谷はくつくつと愉快そうに笑う。

そんな彼を、白狐が不審そうに見下ろしていた。

「僕は視えているわけじゃない。感じることができるだけだ。山伏だからね」

霊山で修行を重ねる綿谷は、普通の人よりも神秘を感知しやすいようだ。

京太郎が、長い足を組んで綿谷を鋭く睨む。

「綿谷さん。そろそろ説明してくれませんかね？　なぜ博物館なんかに、稲荷神社の狐像があるのか。あの狐像は、どういうものなのか」

天井付近で浮かんでいた白狐が、ローテーブルまで降りてくる。

綿谷は視線をローテーブルの天板へ落とし、ため息を吐いた。

「あの狐像は、壊された状態で、高尾山《たかおさん》に不法投棄されていたんだ。修行中に見つけてね。心がひどく痛んだものだから、持ち帰って石屋に修理してもらったんだ」

亜紀と遥は温泉饅頭で頬を膨らませ、京太郎と白狐は眉間に皺を寄せて聞いていた。

「幸い、粉々ではなかったから、修復が可能だった。細部を除けば、元の状態そのものになった。修復された狐像を観察して調べた結果、その狐像があったのが、山から百六十キロほど離れた村にある神社だと分かった」

「えっ。よく分かりましたね！」

「名前だ。狐像の裏に書かれた俵光石という人物は、彫刻家高村光雲《たかむらこううん》の弟子の中で、唯一の石彫家であり、日本で最初の石彫教育現場に携わった人物の一人だ。彼が制作した石像が設置されている神社を調べたら、すぐに見つけられたんだ」

「だったら、その神社に狐像を返した方がいいんじゃないですか？」

「それがそうもいかないんだ」

綿谷は腕を組み、渋い顔をしながら亜紀の目を見る。

「神社の神主に電話を入れ、狐像について話した。だが、彼は僕の話を信じてくれなかった」

「ええっ。どうして」

「神主の話だと、狐像は土砂崩れに飲み込まれてなくなってしまったそうだ。だから、百六十キロも離れた山にあるなど、ありえないらしい」

「土砂で流されたのなら、低地に埋まっている筈ですから、それが高尾山にあるのは確かに不自然です……。その村って、どこなんですか？」

「千葉の館山《たてやま》の方だよ」

「千葉から東京の山へ土砂が流れるなんて、どう考えてもありえないですね……」

亜紀は首を傾げる。

綿谷は顎をさすりながら、眉間に皺を寄せて唸った。

「僕は後日、件《くだん》の稲荷神社へ行ってみた。狐像は片方だけ、新しく制作された綺麗なものが設置されていた。その像は、僕が見つけた狐像とそっくりで、俵光石の名までしっかり刻まれていた。きっと腕の良い職人が、そっくりな像を作ったんだろう。それは見事な再現度だった」

「神主以外の村人に、狐像の話を聞きましたか？」

京太郎の質問に、綿谷は強く頷いた。

「もちろんさ。試しに古い狐像のことを、村人数人に尋ねた。だが全員、神主と同じ回答だった。土砂崩れで狐像が行方不明になったと、誰もが口を揃えて言っていた」

自ら稲荷神社へ赴いても、綿谷は謎を解くことができなかった。

これ以上、狐像に時間をかける余裕のなかった彼は、自分が見つけた狐像を博物館の収蔵庫に保管することにしたのだった。

京太郎が、鋭い視線を綿谷に注いだ。

「それで。どうするつもりですか？」

綿谷は、ニヤリと怪しく笑った。

「狐像をあの神社へ戻すことを諦めたわけじゃない。狐像に作者の名前が刻まれている以上、あれが昔、あの神社にあった狐像であることは間違いないからだ」

綿谷は傍に立てかけていた白木の杖を手に取り、その先端で京太郎を差す。

「ということで蓮城、夏休みに入って暇になるんだし、ちょっくら調べてきてよ」

「自分で調べて下さいよ。俺は暇なわけではない。巻き込まないで下さい」

「そこをなんとか。頼むよ〜蓮城。僕もいろいろ立て込んでいるんだ」

綿谷の言い成りになるのが嫌な京太郎は、腕組みをしてそっぽを向く。

その時、白狐がローテーブルの上で丸まってしまった。

「どうしたんだい？」

遥は饅頭を食べるのを中断し、ほっぺに餡子《あんこ》を付けたまま白狐に注目した。

白狐は遥の問いかけには応えず、青ざめた顔で両目を閉じている。

亜紀も心配になり、白狐の真っ白な頭をじっと見つめた。

すると、二人の視線を感じた白狐が耳をパタつかせて、うっすらと目を開いた。

「あの稲荷神社がある伏馬《ふしま》村は、年々過疎が進んでおる。神社を参る人が減り、我らの存在も霞《かす》んできておった。我の狐像がなぜ高尾山などにあったのかは不明だが、きっと我は、村人にとって不要な存在だったのだ。だから、探されなかった。新しく作った綺麗な狐像を出迎え、古い狐像の我は捨てられたのだろう……」

白狐は眠るように目を閉じ、その身を更に小さく縮める。その姿は儚《はかな》く、ローテーブルの天板が透けて見えており、強風が吹けば掻《か》き消《き》えてしまいそうだ。

遥が手を伸ばし、白狐の体をそっと撫《な》でる。

「まずい。しばらく人間たちの目に触れていなかったから、存在が消えかかっている」

「どういうこと？　遥くん」

「白狐は、偶像崇拝《ぐうぞうすうはい》のシステムが成立することで出現するんだ。人々が狐像を見て、そこに狐の神様がいることをイメージするから白狐は現れる。逆に、人々が狐像を見なくなれば、誰も狐の神様をイメージしなくなり、白狐は消えていくんだ！」

現在は、亜紀たちが狐像を見たことで、辛《かろ》うじてその存在を維持しているに過ぎず、人目に触れない状態が続けば、白狐はいずれ消えていってしまう存在なのだ。

「このままだと白狐は、故郷に帰ることができず、存在も消えてしまうってこと？」

「残念だけど、そうなるね」

亜紀は思わず、京太郎の方を振り向いた。

「蓮城さん！　このままでは、白狐が可哀想です。白狐に何があったのかを調べて、村に返してあげましょう」

京太郎は真剣な表情の亜紀と、不敵に笑う綿谷を交互に見て、深いため息を吐くと、片手で後頭部を掻きながら立ち上がり、日程の確認を始めるのだった。

2

白狐の故郷は伏馬村と言う。方向音痴の京太郎の腕を引き、電車とバスを乗り継ぎ辿り着いたその村は、田園風景の広がる田舎町だった。真っ青な空を背景に綿あめのような入道雲が迫り上がっており、雲の真下では、なだらかな緑の稜線《りょうせん》が左右へ伸びていた。

バスを降りた亜紀たちは、畦道《あぜみち》を抜け、山の麓に到着する。顔を上げると、傾斜に沿って長い石段が設《しつら》えてあり、その先に朱色の鳥居がひっそりと立っていた。

亜紀たちはその石段を、汗を拭いながら登り始めた。

「なんか、ちょっと荒れているね」

石段の隅は雑草が伸び切っていて、落ち葉やゴミが所々に見受けられる。遥はその様子を見て悲しそうな顔になる。

「神主さん忙しいのかな？」

お世辞にも人で賑わう村とは言えなかった。白狐が話していた通り、過疎が進んでいる片田舎。若者の影よりも、年を重ねた者たちの気配の方が遥《はる》かに濃い。何かと忙しくて、人手が足りず、掃除にまで手が回らないという状況も容易に想像できる。

すると、視界に妙なものが入り込んだ。見上げる石段の向こう側から、白い耳がひょっこりと生えたのだ。

「ん？」

亜紀は思わず目を凝らす。

相手もこちらの挙動に気づいたのか、ぬっと真っ白な全身を露わにした。白狐《びゃっこ》だった。

「あなた、ここの稲荷神社の狐さん？」

亜紀はなんの躊躇《ためら》いもなく、現れた白狐に話しかける。白狐は目を丸くして、背中の毛を逆立てた。

「ひぃっ！　なんでこの人間、僕に話しかけてくるんだ？」

白狐は亜紀に背を向けて、鳥居の下へ走っていった。

最後の一段を登りきった一同は、鳥居の下にいる二匹の白狐を目撃する。

そして同時に、鳥居の両脇にある、二体の狐像を確認した。

「うわあ。綿谷先生の言う通り、新しい狐像は、大学に置いてある物とそっくりですね。後ろに彫られている文字もすごく似ている」

亜紀と遥は新しい狐像に歩み寄り、じっくり観察する。

京太郎は、両方の狐像を見ながら腕組みをして、考え事をしているようだった。

「おい、そこの女。なんで僕らが視えるんだ？　それに、そっちの男は人間じゃないな？　妖怪のくせに人間の姿なんかして、僕らに何をするつもりだ！」

表情の幼い白狐が、体毛を逆立て目を三角にして、亜紀と遥に話しかけた。

「私はただ、ちょっとそういう体質なだけだよ」

「僕だって、たまたま人間の姿なだけだ。君たちに危害を加えるつもりは全くないから、安心してくれないかな」

二人の話を聞いても、白狐は疑わしい目を向けていた。

するともう一匹の、やや草臥《くたび》れた表情をした、年寄りの白狐が歩み寄ってきた。

「そこまで警戒心を露わにする必要はないだろう。見たところただの客人だ」

若い白狐は、相棒の言葉を聞いても納得せず、むすっと不服そうな顔になる。

「だけどなーんか怪しくない？　ここは有名な観光地でもないし、祭りみたいな行事があるわけでもないよ。それなのにこんな奇妙な余所者《よそもの》が、何の用で来るのさ」

「知り合いがいるのかもしれないだろう？　放っておけ」

年寄りの白狐はくるりと背を向けると、古びた方の狐像の中へ消えていった。

残された白狐は、不服そうな顔でその場に佇んでいた。

「ねえ。ちょっと聞いてもいいかい？」

遥の問いかけに、残された方の白狐は髭《ひげ》をぴくぴくさせながら顔を上げる。

「君はそこにある、新しい狐像を御神体に持つ白狐だよね。君がここに来る前には、別の狐像があったと思うんだけど、その狐像について何か知らないかな？」

白狐は鼻に皺を寄せて、遥を睨む。

「なんにも知らないよ。ある日、人間に造られ、ここに設置されただけだ。そんなことを知って何をするつもりだ？　怪しいやつらめ」

「あ、怪しい者じゃないわ。私たちはただ……」

亜紀が白狐に説明しようとしたその時、突然京太郎が彼女の肩に手を置き、人差し指を口元に寄せ、黙るように促した。

亜紀が慌てて口を閉じたその次の瞬間、村人と思しき女性が石段を登ってきた。

女性は、Tシャツに裾が擦り切れたジーンズというラフな服装で、髪は後ろで一つに纏めている。颯爽とした足取りで石段を登り切った彼女は、狐像のそばにいる二人を見て、訝しげな顔になって立ち止まった。

「あ、どうもこんにちは」

亜紀はすかさず、にこやかに笑って会釈する。

「どうも……」

女性は低い声で返事をすると、亜紀たちの横を通り過ぎようとした。しかし。

「はじめまして。蓮城京太郎と申します。この村の方ですか？」

京太郎が彼女の進行方向に立ち塞がり挨拶をしたので、彼女は再び足を止めた。

「え、ええ。そうですけど」

「少しいいですか？　僕らは石彫が好きで、あちこちの神社を巡っているんです。この稲荷神社の狐像も、とても珍しく良い造形をしているな、と感銘を受けていたところなんです」

突然法螺《ほら》を吹きはじめた京太郎に、亜紀と遥は口をぽかんと開けて固まる。

「それで、もう少し狐像について知りたくなりまして。差し支えなければ、この神社の神主さんがどちらにいらっしゃるか、教えていただけないでしょうか？」

女性は目を泳がせ、眉間に皺を寄せた。

「狐像の、どんなことを聞くつもりですか？　神主の白岡《しらおか》さんは、体調が優れない日があります。大事な用事でもない限りはそっとしておいてあげたいのですが」

「古い狐像について聞きたいことがあったんですが……。そういうことでしたら、やめておいた方が良いですかね」

「古い狐像？」

「ええ。ここの狐像、片方は最近設置された、新しい物ですよね？」

「そうですが」

「それなら、古い狐像は、どこへ行ってしまったんですか？」

「土砂で流されて、行方不明になったと聞いていますけど」

「そうなんですね。では、台座に彫られている『俵光石』という名前ですけど、この名前、二体の狐像両方に刻まれています。しかしこの作者は戦前に亡くなっているので、新しい狐像は彫れない筈です。なぜ、新しい狐像にも名前があるんですか？」

女性は唇を引き結んでやや考え込んでから、再び京太郎を見上げた。

「さ、さあ？　隣の狐像を職人が星取《ほしど》りしながら、前と同じようなものを再現しようとしたんじゃないですか？　前と同じにした方がしっくりくるだろうし。でも、なんでそんなに、狐像のことなんか気にされるんですか？」

女性は口を尖《とが》らせて、そっぽを向く。面倒臭いといった様子で、彼女は首筋にかかる髪を片手で払って腕組みをする。

京太郎はそんな彼女に一歩近寄り、微笑みかける。

「最初に言ったじゃないですか。石彫が好きだからですよ。とくに、この神社の狐像のような素晴らしいものなら、なおさらだ。好きなものが辿った歴史を知りたいという、ただのマニアの好奇心です」

女性はしばし何かを探るように京太郎を見つめていた。やがて、なぜか頬を染め、後頭部を掻きながら、「分かったわ」と呟くのだった。

＊

女性は天宮泰奈《あまみややすな》と名乗り、神主の白岡昭三《しょうぞう》と交流のある村人らしい。

「昭三さんの家へ案内します。そんなに狐像について知りたいなら、彼から話を聞いてください」

一同は石段を下り、そこから一分ほど歩いたところにある瓦屋根の平屋を訪れた。飛石《とびいし》を渡り玄関まで辿り着くと、泰奈は亜紀たちへ振り返る。

「昭三さんは病気がちなので、体調が優れなかった場合はお引き取りくださいね」

そう言うと泰奈は、意外にも太い指で引き戸を開き、家の中へ入っていった。

しばらくしてヨタヨタと出てきた白岡昭三は、白髪を生やした初老の男だった。彼は翁《おきな》のような優しい笑顔で何度も頭を下げながら、亜紀たちを座敷《ざしき》へ招き入れ、泰奈は手馴《てな》れた様子で人数分の麦茶を用意し、ちゃぶ台に配ってくれた。

「泰奈ちゃんから聞いたけど、石彫が好きなんですねぇ。わざわざこんな辺鄙《へんぴ》な村まで来てくださって、ご苦労さんです。そんで、狐像についてお知りになりたいということでよかったですかね？」

仏壇に背を向け「どっこいしょ」と座ると、昭三はすぐに会話を始めた。

「ええ。差し支えなければ」

「あの狐は見た目がカッコイイもんだからみんな気に入っているみたいなんだけども、むかーしからあそこにあるから、台風や洪水が飛ばしてくるもんをたっぷり浴びて、表面が欠けたり色が変わったりして、貫禄《かんろく》が出てそれっぽく見えるだけなんですよ。戦前からあるのは確かですけども、奈良や京都の大仏様と比べちゃ雑草みたいにちっぽけなもんで、まあつまり、歴史の重みがあるわけでもない、ただの狐なんですわ。最近の狐は、中国製も多いんですけども、そいつらと並べたって、専門の人間以外には全部同じに見えちまう。風雨で劣化すればもっと分からん。はっはっはっは！」

泰奈がキッと昭三を睨む。

「昭三さん、それは言い過ぎ。あの狐像は、誇りを持って造られた立派なものなのに、そんな風に見下したら作者に失礼ですよ！」

泰奈に叱られ、昭三は「悪い悪い」と笑いながら頭を何度も下げていた。

「天宮さんから伺ったのですが、こちらの稲荷神社にあった狐像の片方は土砂で流され、行方不明になったそうですね。石造りのものが流されるのは相当なことだと思いますが、かつてこの村ではそのような大きな災害があったということですか？」

京太郎は昭三と泰奈を観察しつつ、質問を始める。

「左様ですわ。この村はなんたって、土砂災害や洪水が多い。昔からそういう土地なんです。都市部に住む方はご存じないでしょうが、土砂は家一軒突き破ってしまう程の、凄まじい威力がある。そら狐も流れますよ……。本当に、恐ろしいもんです」

村の地形は扇状地。大雨が降れば、土砂崩れが起こり、家屋を倒すこともあるだろう。川も近いので、洪水も起きやすいのだろう。

村の事情を把握した京太郎は、険しい顔つきで昭三を見つめる。

「行方不明になった狐像のことは、どう思われていますか？」

京太郎は、昭三の心の内を探るような目つきになる。

「良い像だったと、思ってますよ。どこかへ行ってしまったのは悲しいですけども、これも運命なんだろうと受け入れております。永遠に変わらんもんなんか、ありゃしません。きっとあの狐は、山の神に連れて行かれたんだと思いますわ」

「山の神。それは、『蛇神《へびがみ》』のことですか？」

京太郎の反応に、昭三は少しだけ目を大きくした。

「おや。余所の方なのに蛇神をご存じですか。その通り。山に住む神とはすなわち、蛇神です。この村に古くから住み、時たま人に災いをもたらす厄介な神様です。まあ、蛇神さんからすれば、人間が自分の土地で身勝手にしてるのが気に食わんから、おしおきしとるんでしょうけど。はっは！」

「その蛇神が、人に災いを齎したことはあるのでしょうか？」

「そりゃありますよ！　こないだ引っ越して来た子供は、余所もんだから蛇神に嫌われたのか、ずっと病気で、学校に行けてないと聞いた。あとは、村はずれにでっけぇ屋敷《やしき》があるんだけども、その屋敷の人間は蛇霊使いと呼ばれていてねぇ。そこの人間に恨まれたら災厄が降り注ぐと言われ、村人たちは警戒してる。病気の子供も、調子に乗って屋敷の人間に悪さ働いたから呪われたんじゃないか、なんて言う人もいるわな」

「あ、あのぉ。それって、ただの迷信ですよね？」

　亜紀が思わず尋ねると、昭三はぐるりと首を回して亜紀を見た。

「迷信をバカにしちゃいかんよ、お嬢さん。小澤《おざわ》さんところの貴志《たかし》くんが具合悪くて学校へ行けてないのは、本当のことなんだ」

「す、すいません」

　昭三に睨まれたので、亜紀は体を小さくして頭を下げた。

　麦茶を飲んだ京太郎は、グラスをテーブルに置くと、最後の質問をすることにした。

「行方不明の狐像が、もし、なんらかの拍子で偶然発見されるということがあったら、白岡さんは取り戻したいと思われますか？」

　一瞬、昭三は口を閉じて真顔になった。

　しかしすぐに、目尻を下げた翁顔を一同に見せた。

「もちろんですよ！　ですけどね、蓮城さん。蛇神が奪ったものは、戻った試しがないんですよ」

　ゆっくりと語られた彼の言葉は、亜紀の耳にこびり付くように残るのだった。

＊

大学にある狐像が、元々は伏馬村の稲荷神社にあった狐像であることは間違いない。他に同じ境遇の稲荷神社があるとは到底思えないし、像に刻まれている作家名が狐像の唯一無二を証明している。しかし、昭三を含めた村人たち数名は、神社に設置されていた狐像は土砂に流され、未だに行方不明だと話す。

村人たちの証言と、亜紀たちが知る事実は嚙み合っていない。

必ず、狐像が壊された状態で、山林に放棄されていた理由がある筈だ。

「ねえ遥くん。山の神って何？」

亜紀の質問に、遥は天を仰いでうーむと唸る。

「確か、京太郎が前に言ってたのは……」

昔の記憶を掘り起こしながら遥が語ったのは、ザッとこんな話だ。

古事記、日本書記には「三輪山《みわやま》伝説」という話があり、三輪山には蛇の姿を持つ大《おお》物主神《ものぬしのかみ》が住んでいると信じられていた。また、胆吹山《いぶきやま》に住む荒ぶる神を征伐しに行った日本武尊《やまとたけるのみこと》が、大蛇の姿になった山の神に道を塞がれる話もある。

　このように、山の神とは蛇の姿をした、蛇神であると語られている。

　遥の話を聞いた亜紀は、前方に聳《そび》えるコンクリート塀を睨む。

「ふうん。なんでそんな昔のお話を、白岡さんは真に受けてるのかしら」

「分からないけど、蛇の噂が多いのが関係しているのかもね」

　亜紀と遥の視線の先には、高さ二メートルあるコンクリートの塀が聳え立っている。

車両が出入りするための巨大なシャッターと、人が出入りするための銀色の扉以外は何もない殺風景な塀だった。塀の奥には屋敷がある筈だが、その影はまるで見えない。

おそらく、塀と屋敷の距離が長いのだろう。木々のてっぺんが塀の向こう側から覗いているだけなので、外側からは内側の様子が全く見えなかった。

　蛇霊使いが住む屋敷。

　白岡昭三の家を出た亜紀と遥は、京太郎に指示され、村人に尋ねながら村はずれの屋敷を訪れ、蛇霊使いの真実を探ることになった。

　しかし、これから何をすれば良いのか分からず、木陰から屋敷の塀を睨んでいたのだった。

「僕が壁抜けして、中を見てきてあげようか？」

　遥が亜紀の横をすり抜け、塀の方へと歩き出したので、亜紀も慌てて塀へ近寄る。

そして二人は、塀に沿いながら入り口を目指してゆっくりと歩く。

しかし、突然遥が立ち止まった。

「亜紀、なんか音が聞こえない？」

「音？」

亜紀は目を閉じて、耳を澄ました。

風に草木が煽《あお》られる音が耳に入る。もう少し慎重に、音の解像度を上げるような気持ちで耳へ意識を集中させると、葉擦れの音、小石が転がる音、微細な砂が散らばる際の砂糖をばらまいたような音、木の幹がしなる音、割り箸が割れるような音、モスキート音を思わせる虫の鳴き声など、ありとあらゆる音が混在していた。

そんな中、それらをＢＧＭにして、耳に強く響く印象的な音があった。

カーン、カーン、カーン……。

それは硬質な面を弾くような音。金属と金属がぶつかり合った時の衝撃音だ。寺の鐘ほどの荘厳さはないが、かといって風鈴ほど軽やかでもない。絶妙な重さのある金属音が、比較的一定の間隔で聞こえてくる。

「鉄琴《てっきん》かなぁ？」

「誰が嬉しくて外で鉄琴なんて叩くのよ」

「呪いの儀式の音だったりして」

冗談ばかり言う遥のことを、亜紀は肘で小突いた。

「ふざけてないで、早く中を見てきてよ！」

遥はペロリと舌を出して笑うと、呑気な足取りで塀に溶け込んでいった。

塀の向こう側へ消えていく遥の姿を見届けた亜紀は、腕組みをして考え始める。

「本当に呪いの音だったりして……」

蛇霊を使って人を呪うと噂される家だ。塀の内側で儀式めいたことを行っていたとしても不思議ではない。

「呪いかぁ。私は、藁《わら》人形を釘《くぎ》で打ち付ける呪いしか知らないな」

京太郎なら様々な呪いの方法を知っていそうだが、亜紀が知るのは、呪いたい相手を藁人形に見立て、夜な夜な木に打ち付ける丑《うし》の刻《こく》参りのみであった。

「ん？　藁人形を釘で打ち付ける……」

たしか藁人形を木に打ち付ける際には、五寸釘《ごすんくぎ》と金槌《かなづち》を用いるはず。

カーン、カーン、カーン……。

「いやいやいや。丑の刻参りは夜中にやるものだし。こんな時間にするわけないって！」

亜紀が自分の想像を全否定していたところ、突然目の前を白い塊が通過していった。

正確には、白狗に変化《へんげ》した遥が、体を丸くしたまま飛び出てきたのだ。遥は着地すべく前足を伸ばすも、体の勢いを抑えきれず二、三回前転してから止まった。

「遥くんおかえり。場外ホームランみたいな勢いだったわね」

「あ、あ、亜紀！」

遥は蛙《かえる》のように飛び跳ねて体を亜紀へ向けると、息を切らしながら話し始める。

「僕は恐ろしいものを見た。冗談なんかじゃなく、この家では本当に、呪いの儀式を行っているのかもしれない！」

「へ？　どういうこと？」

遥は舌を引っ込め唾を飲み込むと、目を三角にさせて亜紀を見上げる。

「塀の内側にはテントがあってね、その中に、顔を隠してヘンな服を着た人がいたんだ。その人はハンマーを握った腕を何度も振り上げていて、釘を叩いているようだった。あとレンガの窯《かま》のようなものがあって、中で炎がゴウゴウと燃えていた……」

「ハンマーで……、釘を叩いている？」

「そう！　とても太い釘だよ！　僕は今まで、あんな太い釘を見たことない！」

「う、うそでしょう？」

科学技術が発達したこのご時世に、呪いの儀式を実行する人がいるとは思えない。

しかし世界には、亜紀の想像を超えた、あらゆる価値観を持つ人がいる。

夕方に丑の刻参りを行う人がいたとしても、けして不思議ではないのだ。

亜紀は真っ青になって、茜色《あかねいろ》の空を仰ぐ。

物語の主人公ならば果敢に飛び込んでいくべきシーンなのかもしれないが、亜紀にそこまでの度胸はない。ここは撤退する方が良さそうだ。

恐怖心に苛まれた亜紀と遥は、塀に背を向け走り出そうとした。

が、そこで二人は立ち止まる。

「おい、何やってるんだ」

仁王立ちの京太郎が、腕組みをして二人のことを睨んでいたのだ。

「蓮城さん！　方向音痴の癖にどうやって来たんですか？」

亜紀の失礼な発言に、京太郎は顔を顰めた。

「俺だって人に聞けば目的地にくらい行ける。それより、一体何があったんだ？」

亜紀は一度咳払いをすると、京太郎に詰め寄り真剣な目で彼を見上げる。

「たった今、この屋敷の中で呪いの儀式が行われているみたいです！　だからその、一旦引き上げた方がいいかと思いまして」

「寝言は寝ながら言ってくれないか？」

信じようとしない京太郎に、遥が先ほどと同じように状況を説明した。

遥の話を聞いた京太郎は塀へ近寄って耳を澄ますと、腑《ふ》に落ちたような顔になる。

「落ち着け。これは呪いなんかではない」

首を傾げる亜紀と遥を尻目に、京太郎は玄関に歩み寄ると、インターホンを押す。

応答があり、まもなく塀に設置された扉が開かれた。

現れたのは、防護メガネとマスクをつけ、円管《えんかん》服を着用した小柄な人物。

その人物は、京太郎を見上げると、頭にターバンのように巻きつけたタオルを外す。

露わになった前髪は汗で額に張り付いており、他の頭髪は後ろで束ねられていた。

さらにマスクが外され、防護メガネは額の方へスライドされる。

京太郎は一瞬、狐につままれたような顔になったが、すぐに口角を上げた。

「こんばんは、天宮さん」

亜紀たちの前には、昼に神社で出会った、天宮泰奈が立っていたのだった。

3

「蓮城さん。それに折笠さんも。どうされたんですか？」

泰奈はタオルを首にかけ、汗をぬぐいながら京太郎を見上げる。

「いきなり押しかけてすみません。お尋ねしたいことがあるんですが」

「なんでしょう？」

「天宮さん、あなたはもしや、石を彫っているのではないですか？」

京太郎の質問に、泰奈はぴたりと動きを止め、目を瞬かせた。

京太郎は何を言っているのだろうか。

亜紀と遥は、互いに顔を見合わせ、それから泰奈を見る。

泰奈は驚いた顔で京太郎を見ていたが、やがて微笑んだ。

「ええ、確かに私は石を彫っています。どうして分かったんですか？」

「金属を叩く音が聞こえてきた時、最初は家主が鍛冶屋のような仕事をしているんだと思いました。しかし、現れたのは天宮さんだったので、その考えが変わりました。あの音は、石彫で使われる鉄鑿《てつのみ》を叩く音だったのではないですか？」

京太郎の返答を聞いた泰奈は、肩を竦《すく》めると、一同を塀の内側へ招き入れた。

塀の内側はアスファルトで固められた道が伸びており、到達点には木造家屋が建っていた。道の両脇は、天然芝や砂利が広がっており、そこに白いテント倉庫が三棟、距離をとって鎮座していた。泰奈の案内で、そのうちの一つのテント倉庫に入る。

テント倉庫の内側は広かった。足元は茶色い土の地面だが、細かい砂つぶで覆われて灰色になっている。鉄骨の梁《はり》からは手動チェーンブロックがぶら下がり、その真下には彫りかけの大きな御影石《みかげいし》が横たわっていた。奥の方には、石切りに使用するダイアモンドソーや、道具類が収まる棚、作業台があり、地面には固定具の万力《まんりき》や、石材の加工に使用する玄能《げんのう》、鉄鑿《てつのみ》、コヤスケ、ビシャンなどが転がっていた。

青年姿に戻った遥が、亜紀の肩を小突く。

彼が指差す先を見ると、そこには耐火レンガで組まれた小さな炉《ろ》が設置されてあり、中ではコークスが赤く染まっていた。

泰奈が炉の前で立ち止まり、一同の方へ振り返った。

「蓮城さんの仰《おつしや》る通り、ついさっきまで、この炉で熱した鉄鑿を叩いて、石を彫りやすいように先端を尖らせていたところです」

地面に転がっていた、先端が鉛筆のように尖っている鉄の棒を拾い、泰奈は一同に見せる。海苔《のりま》巻きくらいの太さのそれを見た亜紀は、遥をじろりと睨む。

「遥くんってば、もしかしてあの太いやつを釘って言ってたの？　全然違うじゃない」

亜紀は泰奈に怪しまれないように、京太郎の後ろに隠れ、小声で遥に尋ねた。

遥は、頭から狗の耳を生やしながらそっぽを向いた。

「だって、初めて見たんだもん。僕、石を彫る道具なんて知らないからさぁ」

彼は恐る恐る亜紀を見ると、狗耳を生やしたまま爽やかに笑って誤魔化した。

おそらく京太郎は、遥から話を聞いた時点で、それが釘ではなく別の何かであることを予想していたのだろう。

泰奈は鉄鑿を地面に落とすと、首を傾げてううむと唸った。

「でもやっぱり分かりません。金属音が聞こえてきて、中から私が出てきただけで、どうして石を彫っているって分かったんですか？」

京太郎はテント内を眺めながら、ふぅっとため息を吐いた。

「それは、神社で天宮さんと会った際の、天宮さんの発言で分かりました」

京太郎は振り返り、亜紀を見下ろす。

「折笠。昼に神社で天宮さんと会った時、彼女は新しく作られた狐像が元のものとそっくりな理由を説明する際、『職人が星取りをしながら再現したのでは？』と言っていたが、この『星取り』の意味は分かっていたか？」

突然質問をされた亜紀は、しばしポカンと口を開けながら記憶を掘り起こす。徐々に鮮明になってきた昼間の出来事を思い出すと、首を横に振った。

「いいえ。あの時は流しちゃいましたが、正直さっぱり分かりませんでした」

亜紀から言質《げんち》を取ると、京太郎は泰奈へ視線を戻す。

「星取りというのは、同じ形の彫刻を作る際に使用される技法だ。星取り機と呼ばれるコンパスで彫刻を計測し、石や木などの素材に写し取る彫刻技法だが、折笠のように、そんな言葉も技法も知らないのが普通だ。だからあの瞬間、天宮さんが彫刻に詳しい人間だと分かりました」

泰奈は自分の発言を思い返し、口に手を当てる。

「そういえば私、そんなこと言いましたね。そこで私が彫刻に詳しいって気がつけるなんて驚いたな。その上、私が石彫をする人って分かるだなんてびっくり。蓮城さんって、探偵みたいな方ですね」

「星取り」が主に石彫《カービング》で使われる技術であることと、遥が鉄鑿（＝太い釘）を目撃してくれたことから、彼女が石彫をしていると予想することができたのだ。

「それにしても、どうしてここに来たんですか？」

泰奈は僅かに眉を顰め、不機嫌そうな声色で京太郎に聞く。

「先ほど白岡さんが話していた蛇神の災いの正体を探り、狐像の真相に迫るためです」

「蛇神の災い……。狐像の真相……？」

京太郎の言葉を聞いた泰奈は彼をじっと見つめる。やがてその手に石炭スコップを持つと、消火のため、炉内のコークスをすくい出し、地面に散らした。

「家の中で話しましょう。付いてきてください」

敷地《しきち》の奥に建つ家屋に入るなり、亜紀はニシキヘビを目撃して固まってしまった。玄関の棚の上に、透明なケージが置かれ、その中にまだら模様の蛇がいたのだ。

遥は蛇をジロジロ見ると、京太郎と目を合わせて含み笑いをする。過剰に反応しているのは亜紀だけだった。

亜紀は蛇から距離を取りながら靴を脱ぎ、スリッパに履き替えて泰奈の背中を追いかけた。

泰奈に案内され、一同は敷地の奥に建っている木造の家の客間を訪れた。招かれた部屋は十畳ほどの広い空間で、中央にウォールナットのダイニングテーブルがあった。亜紀たちはそのテーブルを囲み、同じ材質の椅子に腰を下ろす。天井はシーリングファンが回り、格子の枠が張りめぐらされたガラス扉越しには、先ほど亜紀たちが訪れたテント倉庫を見ることができた。

泰奈は手際よくアイスティーを配ると、京太郎の向かい側に座った。

そして、彼女は鋭い眼差しで、じっと京太郎を見つめる。

「どうして、蛇神の災いなんて調べるんですか？」

「白岡さんについて知るためです。彼が、狐像と深く関わっているからです」

「なぜ、昭三さんを？　狐像って？」

「俺たちが本当に知りたいのは、古い狐像が高尾山に捨てられていた理由なんです。その理由を知るためには、狐像が捨てられるまでの経緯を知る必要がありました」

「狐像が捨てられた？」

泰奈は眉を顰める。

亜紀はポケットからスマホを取り出すと、指で操作し、テーブルの上に置いた。

画面に表示されているのは、博物館の収蔵庫で撮影した、狐像の写真だ。

「実は、私たちの大学の先生が、山林に捨てられている狐像を発見したんです。調べたところ、こちらの稲荷神社のものだろうと思われたんです。そこで狐像を村へ返そうと連絡したところ、白岡さんは話を信じてくれず、狐像を戻せなかった。だから原因を探るために、この村へ来ていたんです」

それを聞いた泰奈は、顎に手を当て、視線を彷徨《さまよ》わせ、何かを必死に考えている様子だった。

「狐像が、山林に捨てられていた？　それはどこの山ですか？」

「高尾山です」

「高尾山ってことは、東京湾の向こう側？　土砂崩れで流されたのに、そんなに遠いところへなんて、絶対ありえないですよ。昭三さんが信じなくて当然です。……でも、この写真に写る狐像は、間違いなく、うちの村の狐像だと思います。あの狐像の作者は俵光石という明治時代の石工《いしく》で、木彫家の高村光雲の弟子をしていた時期がありました。この実直で巧みな表現は、彫刻家というよりは、仏師的な考えが強かった光雲の影響が強い証拠です。私も、この像は穴があくほど観察しているから、自信はかなりあります。損傷が激しいようですが、私の撮った写真と並べても……」

泰奈も、自分のスマホを出して、亜紀のスマホの隣に置いた。

似た角度から撮影された狐像の写真は、苔《こけ》が生えた位置まで見事に一致していた。

「完全に同じですね」

泰奈は困惑の表情で、京太郎と亜紀を交互に見る。

泰奈に見られて困った亜紀は、隣に座る京太郎の横顔を見上げる。

京太郎はアイスティーを一口飲んでから、話を始めた。

「先ほども話した通り、狐像が山林に捨てられるに至った経緯が分からない状況です。そのため、俺はこの村に来て、天宮さんや白岡さんから話を聞いた。気になったのは、狐像の持ち主である白岡さんが、狐像のことを大事なものだと語りながらも、どこか軽視しているような真意を匂わせているところでした」

泰奈が思わず口を挟んでしまうくらい、昭三が狐像を小馬鹿にしていたことは亜紀もよく覚えている。

「それともう一つ。白岡さんは、蛇神に対し強い恐怖心を抱いていることも分かりました。余所者の俺たちを脅すような語り口で、蛇神の話を教えてくれた。この行動に不自然さを覚えたので、まずは彼が語った蛇神について調査することにしました」

亜紀と遥が「蛇霊使いの屋敷」を訪れていた間、京太郎は蛇神に嫌われて病気になり、学校へ登校できなくなったという子供、小澤貴志《おざわたかし》の家を訪問していた。

「小澤君は吐き気や腹痛、肌荒れに悩んでいました。とは言っても重症というわけではないので、学校を休んだのは症状が出た最初の頃だけで、今は登校しているそうです。ただ、体調不良は慢性的なものになっていて、困っていました。ここまで聞いた時、トンビョウ神《がみ》のことを思い出しました」

「なんですか？　トンビョウ神《がみ》って」

泰奈が不思議そうな顔で質問した。

「四国や中国地方の伝承では、蛇神をトンビョウ神と言い、トンビョウ神を飼う家と争うと蛇神が憑くと恐れられていました。憑かれた者は、身体《からだ》が腫れる、腹痛、などといった症状に苦しんだそうです」

京太郎は胸ポケットからスマホを取り出すと、何かを入力して泰奈に見せる。

「このトンビョウは、『頓病《とんびょう》』と書き記す。にわか病を意味する言葉です」

「確かに、小澤君の話とよく似ていますね」

泰奈は驚きながら、スマホの画面に表示された「頓病」を見つめていた。

京太郎は、すぐにスマホを胸ポケットへ戻す。

「蛇神との関連性はある。しかし、これは蛇神の仕業などではない。実際に小澤君を苦しめているのは、この村の水道水です」

「水道水？」

泰奈は首を傾げたが、亜紀は思い当たることがあった。

「そういえば、水道水に含まれる残留塩素のせいで、肌荒れや水あたりを起こす人がいるって、聞いたことあります！」

京太郎は首を縦に振った。

「この村で生まれ育った人にとっては慣れ親しんだ水質でも、別の土地から引っ越してきた人には合わないこともあるんだろう。残留塩素が多い水や、ミネラル成分濃度が高い水、微量の金属成分が含まれる水は、アレルギー症状を引き起こす原因になる。小澤君も医者から、症状の原因は水と診断されていました。山の神である蛇神は、水を司《つかさど》る神と言われる。蛇神に嫌われるとは即《すなわ》ち、水が合わないことだったんです」

昭三の話し方では奇妙な迷信に聞こえたが、事実は意外とシンプルなものだった。

「そして、蛇霊使いの屋敷。これについては推測になりますが、おそらく村人たちが勝手に流した噂話ではないですか？」

「なんでそう思ったんですか？」

泰奈は楽しそうに笑っている。京太郎の話が面白いのだろう。

京太郎は亜紀をちらりと見て、話を続ける。

「この家は、高い塀で敷地が囲われているため、勝手に入ることができず、中の様子を見ることもできません。そんな、実態の不明瞭な家を前にした折笠は、塀の内側から金属音が聞こえただけで、呪いの儀式が行《おこ》なわれていると勘違いしました」

泰奈が肩を震わせ、くつくつと笑う。

「呪いの儀式って。ははは！　折笠さん面白いですね」

「だって、蛇霊使いが住んでいて、人を呪っているって聞いたから。つい」

亜紀は恥ずかしくて赤面する。

「折笠の心理は決して珍しくない。人は得体の知れないものを恐れる。その恐れを拭うべく、突拍子もない話が出てしまうことがある」

京太郎は泰奈の目を見る。

「天宮さん。この家に「蛇霊を操って人を呪っている」という噂が流れてしまうような出来事が、以前あったんじゃないですか？」

泰奈は肩を落として深呼吸すると、ペロリと舌を出した。

「いつだったかな、大理石で蛇の彫刻を作ったことがあったんですよ。その時、モデルとして実際に蛇を飼い始めたんです」

泰奈は言葉を切ると、首筋を搔きながら背筋を曲げる。

「でも、生きている蛇は動いていてディテールまでは観察しにくいから、近くの山に転がっていた蛇の死骸を拾って持ち帰ったことがあって。手にそれを持って家に入るところを、ちょうど人に見られちゃったんです」

泰奈はスマホを出して、作品の写真を見せてきた。

美しく写実された艶《つや》やかな蛇の彫刻を見た亜紀は、そのリアルさに息を呑む。

「私、蛇が好きなんです。目がきょろっとしているところや、にょろにょろっと動く仕草が、すごく可愛いじゃないですか。でも逆に、蛇が生理的にダメな人もいますからね。私が蛇の死骸を持っているのを見た人は、驚いて逃げて行きました。その頃から、なんか変な噂が流れるようになっちゃったんですよ。だけど昭三さんまで、あの噂を真に受けているとは思わなかったな。っていうことなんで、蓮城さんの言う通り、あれは村の人が勝手に流した噂なんです」

京太郎は腕組みをして、片眉を上げる。

「白岡さんは、この家に天宮さんが住んでいることを知らないんですか？」

「知らないと思います。村のはずれに引っ越してきたことは言いましたけど、曖昧にしてましたし、特に訊《たず》ねられもしなかったので。それで住み始めた直後に、あの噂が立ってしまい、それ以来、昭三さんや村の人たちは、この辺りに来なくなって……。

私自身もわざわざ、この家に住んでいるとは言わないですし。今のところ、私のことを怪しむ人はいないので、まあいいかなと噂は放置してました」

この家について語り終えた泰奈は、次に自分が知る狐像について、話し始めた。

天宮泰奈は芸術大学の修士課程を修了し、大学職員として働きながら、作家活動をしていたという。それなりに目覚ましい躍進を続けていたが、四年前、自分だけの制作スペースを確保したい思いから東京を離れ、祖母が暮らしていた伏馬村へ移住した。

彼女は、伏馬村にある祖母の所有地に住居を建て、余った敷地に工房を作り、人目を避けるために塀を建てた。住居と工房を確保した泰奈は、ホームページに定期的に来る、ペットや故人の石彫制作の依頼をこなし、有意義な日々を送っていた。

そんなある日、台風が村を襲った。特に村の中心部の被害は深刻で、家屋は潰れ、畑は荒れ、車や看板などが土砂で流され、停電や断水が起こり、散々な有様だった。

稲荷神社の狐像も、土砂で流されて行方不明になったと聞いた。

「村の人と一緒に、狐像を探し回りましたが、見つけることができませんでした。そこで私は、昭三さんに提案して、元の狐像によく似た像を制作しました。そして、それを代わりに神社に置いたんです」

狐像に刻まれた名前から、その作者が、泰奈の大学の石彫教育に携わった人物と知った泰奈は、狐像をあらゆる角度から撮影し、スケッチもしていた。そうしたこともあり、泰奈には、行方不明の狐像をそっくりに再現することが可能だったのだ。

「神社にある新しい狐像を作ったのは、天宮さんだったんですね。あんなにそっくりに彫れるなんてすごいです！　なんで最初に言ってくれなかったんですか？」

「初対面の人たちに向かって、『私が作ったんです』って言うのはちょっと、自慢してるみたいになるから、みっともないと思っちゃって。大学にはあれくらい彫れる人、いっぱいいますし……」

泰奈は頰を染めて笑った。思えば、最初に京太郎と話した際も頰を染めて嬉しそうにしていた。あれは、京太郎が石彫に興味を持ってくれていることが嬉しかったのだろう。という事実に気がついた亜紀は、嘘吐きな罪深い男、蓮城京太郎を睨んだ。

そんな視線を意に介さず、京太郎は静かに質問を続ける。

「古い狐像は行方不明になったということでしたが、実際に流されたところを見た人は、いるんでしょうか？」

「私は見ていないです。実際に見た人は、多分いないんじゃないでしょうか。昭三さんも含め、村の人たちは殆ど避難所にいた筈ですから」

京太郎の質問に、泰奈は不安げな表情で答える。

「となると、やはり怪しいのは、白岡さんだな」

先ほどから京太郎の言動には、昭三の思考や態度を怪しむ要素が含まれている。

彼はなぜ、昭三を怪しむのだろうか？

「蓮城さん。どうして白岡さんが怪しいんですか？」

亜紀は泰奈の目を気にしながら、恐る恐る尋ねた。

「白岡さんが語った蛇神の災いは、どれも迷信ではないと証明できた。そうなると、

「山の神に連れて行かれた」という言葉にも裏がある気がするんだ。真実を知っているけれど、『蛇神の災い』にすることで誤魔化しているのではないだろうか？」

「確かに、狐像が土砂で流された証拠はありません。本殿が一部破壊されていて、石段も土砂まみれだったので、そうに違いないと思っただけですから」

狐像を大切に思う一方、どこか軽視しているような発言をしていた昭三。

狐像が行方不明になったことを、山の神に連れて行かれたと表現していた昭三。

これらから分かることは何か？

泰奈は記憶を掘り返していく。

「台風が過ぎてボロボロになった村には、いろんな人が来ました。中には、私たちを支援してくれる人もいたけど、被災地で無防備なのを良いことに、人の家のものを盗

む人たちもいました。狐像が盗まれたっていう可能性もあるかも……。昭三さんは、狐像が知らない間に消失したから、土砂で流されたと思った。とか？」

泰奈の話を元に、京太郎も即席で仮説を立てる。

「……困難に乗じて悪さを働く連中に、白岡さんが弱みを握られ、お金と引き換えに狐像を手放したという可能性も、ゼロではない。そんな後ろ暗い事実がある場合、白岡さんは村人たちに知られないように、真実を隠すことだろう」

「白岡さん、最後に、蛇神が奪ったものは、戻った試しがない、と言ってましたよね。あれって、どういう意味でしょうか？　まるで体験したことがある……そんな口ぶりだったような」

亜紀の言葉を聞いた京太郎は、しばらく考え込む。

その時、泰奈が背筋を伸ばし、両目を大きく見開いた。

「昭三さんが失った人なら、私、知ってますよ」

4

昭三は一人、薄暗い自室にいた。床の硬さが伝わる程に潰れた布団に入り、上半身だけを起こしていた。障子越しに日光が差し込むので、日の差す部分のみ、畳が変色している。部屋の隅は埃が溜《た》まり、薬を飲むためのグラスが枕元にいくつか転がったままで、食べ零《こぼ》した菓子の粕《かす》に、蟻《あり》が数匹集っていた。

人に手入れをされない部屋は温かみに欠け、侘《わび》しさや切なさが増長するようだった。

玄関の引き戸が開く音が聞こえた。しかし、昭三は瞬きをしただけで動かなかった。

「誰だろうか」

口だけが動いた。それ以外は動かす気になれなかった。

足音が近づいて来ても、危機感の一つも感じることなく、昭三は座り込んでいた。

足音の様子からして、複数人が家に上がり込んでいることが分かる。一体、誰が、どんな用事があるというんだろうか？　天井を見上げ、板目の模様を眺めながら昭三は考えていた。

やがて、障子に黒い人影が映った。

「昭三さん、泰奈です。入っても良いですか？」

聞き慣れた声に首を傾げると、昭三は二つ返事で彼女の入室を許可した。

亜紀は、細く開かれた障子の隙間から、泰奈と昭三の様子を窺っていた。

「なんだか変な感じがする」

遥が眉を吊り上げ昭三をじっと見ているが、亜紀にはなんのことだか分からない。

京太郎は腕組みをして、遥と一緒に室内を睨みつけていた。

泰奈は軽い会話を交わしてから、躊躇いながらも切り出した。

「昭三さん、行方不明だった狐像が発見されたことをご存じですよね？　どうして、村に戻そうとしなかったんですか？」

泰奈の質問に、昭三は一瞬固まったが、やがて微笑を浮かべる。

「ちょっと待ってくれ、泰奈ちゃん。いきなり何だい？」

「昭三さん。あなたは半年前に、東嶺館大学の綿谷先生から、高尾山で狐像を発見したと連絡を受けていた筈です。それなのに、どうしてその時、綿谷先生の話を否定したんですか？」

「そりゃあ、高尾山なんて離れたところにあるわけないって、思ったからさ」

「確認しなければ分からないじゃないですか。盗まれて東京に運ばれて、何かが原因で、高尾山に捨てられたって可能性もあります。どうして、見に行こうともしなかったんですか？」

泰奈は顎を引き、昭三を上目遣いで睨む。

「蛇神が奪ったって、本当はどういう意味ですか？」

昭三が話す蛇神とは、どんな存在なのか。

それを知ることが、この問題を解く鍵となる。


突然、障子の隙間が黒で塗りつぶされたかのように、真っ暗になった。

部屋の中が日の差さぬ暗闇になったため、三人は驚いて身を引く。

すると、亜紀の足先をひやりとしたものが触れ、みるみるうちに足裏に染み渡った。

障子の隙間から、墨汁のような黒い水が、傷口から血液が溢れ出るような不気味な速度で流れ出て、亜紀たちの足元を濡《ぬ》らしているのだ。

「なっ、何？　部屋の中で何が起こってるの？　天宮さんたちは大丈夫？」

亜紀は慌てて障子の引手を摑むが、京太郎と遥が彼女の肩に手を置き、その動きを止めた。

「折笠、慌てるな。これは、俺たちだけが視ている怪異だ」

泰奈には、なんの変化もない普通の和室にしか見えていない。

しかし、亜紀たちには全く異なる景色が視えていた。

数歩下がって見上げた亜紀たちの目に映ったのは、真っ黒な大蛇の影が、障子に浮かび上がっている様子だった。墨で障子に描いたような大蛇は、昭三と泰奈を中心にして渦巻き、部屋中に体を滑らせていた。しかし亜紀たちの視線に気がつくと、大蛇は三角の目を光らせ、牙を見せて威嚇し、そして、亜紀たちの視界から光を奪ってしまうのだった。

何も見えなくなった亜紀は不安を覚えたが、両脇に京太郎と遥の気配があったため、平常心でいられた。この怪異にはどう対処すれば良いのだろうか？　亜紀は京太郎の方を見るが、彼の顔がどこにあるのかも分からなかったので、諦めて前を向いた。

すると、目の前に白い筋が現れ、それは左右に膨張し細い隙間となった。開かれた障子だ。そして、そこから漏れる白い光の中に、忙しなく動く人の姿が視えてきた。

幼い少年は喪服を着て、親族に囲まれていた。

目の前の棺《ひつぎ》に眠る、痩せたミイラのような祖父を、彼はじっと見つめていた。そこへ、少年の母親が彼の背後に近寄り、肩に手を添えて少年を連れていく。額や頬を白く塗りたくり、唇の色を消した母親の顔は、幽霊のようだった。

「母さん。じいちゃんはどうして死んじゃったの」

老衰だと聞いていた。だが少年は納得できなかった。

母親は、指を少年の肩に食い込ませた。

「何度も言わせないで。お祖父《じい》ちゃんの体は弱っていたの」

まだ聞きたかったが、肩に食い込む指が痛かったので、口を噤《つぐ》んだ。

少年の昭三は、母親の目の下にドス黒いクマが落ちている様を見て、まるで死神のようだと思った。

仏壇に添えられた二枚の写真を見て、昭三はやはり思ってしまった。

「じいちゃんは、ばあちゃんが蛇神に殺されたから、ずっと辛《つら》かったんだよね」

誰も子供の昭三には説明しなかったが、それでも分かっていた。

以前、洪水が村を襲った時に、昭三の祖母が巻き込まれて亡くなっていた。

祖父は、蛇神が祖母を殺したのだと話し、常に不安そうにしていた。

昭三の母は祖父の憂鬱な態度に気が滅入《めい》って、彼をよく怒鳴りつけていた。

祖父は、誰も自分の気持ちを分かってくれないことを嘆いていたので、昭三は理解者になってあげようとしていた。しかし、子供の昭三に自分の話をすることを、祖父はどこか遠慮していた。

「蛇神には気をつけなさい。奴は人を選ばずに、人に災いを齎すんだ」

祖父はしきりにそれだけを昭三に伝え、その二ヶ月後、唐突に他界した。

祖父は祖母の死に耐え切れず、自殺したのだ。

ある日、母がテレビの傍で泣いていた。

昭三がわけを聞いても、彼女は口を開かなかった。

ニュース番組では、どこかの街で、土砂崩れが起きていたことが報じられていた。山の一部が抉《えぐ》られている映像が流れている。木々や石、大量の土が押し流され、平地に溜まって麓の道を塞いでいた。更に土砂は道を横断し、民家を突き抜けていた。

一階部分が土砂に突き破られた民家が、テレビ画面に映されていた。

一階に二十代の男性が寝ていたと、女性キャスターが話す。

昭三はテレビの電源を落とした。

「母さんまで、じいちゃんみたいになってどうするの」

自分とは関係ない家の人間が、自然災害で亡くなっただけで、涙を流す母。

祖父が祖母の死を嘆いていた時はちっとも寄り添わなかったのに、変な母だ。

母は昭三を睨んだ。やはり、祖母の死で心を弱らせた祖父と同じとは、思われたくないのだろう。

「ここは神社だよ、母さん。いつまでそうやっているつもりなの」

昔、母の親友が、土砂の下敷きになって他界した話を耳にしたことがあった。

未《いま》だにそこから抜け切れず、涙を流す母に、昭三は苛立つばかりだった。


神様と、自然と、人とが、共に生きていく。

昭三は、自分が稲荷神社の神主となった時に、この共生を望んだ。

それが、神主が志すべきことだからだ。

神職の勉強をした際に、祖父が話した「蛇」を明確に知ることができた。

例えば、古事記に登場するヤマタノオロチ。頭が八つに分かれた蛇の怪物が、出雲《いずも》に現れ娘たちを食べていく。そんな怪物をスサノオが退治する話は、幼い頃に聞いたことがあった。このヤマタノオロチという怪物は、この物語の舞台となる島根県にある、「斐伊川《ひいがわ》の氾濫」を示していると考えられている。

このように、伝承の「蛇」はしばしば、水が関係する自然災害を表している。

かつて神主だった祖父は、それを知っていたから、祖母が洪水に巻き込まれて他界した後、取り憑かれたように「蛇神には気をつけなさい」と話していたのだ。

「土砂崩れを『蛇抜《じゃぬ》け』と言うもんな。死んだ母さんの友達も、蛇神に殺されたって言えるわけか……」

祖母も、母の友人も、蛇神に連れ去られたということだ。

祖父や母が揃って恐れる蛇神の存在を想像していたら、石鹸《せっけん》の香りがしてきた。

「物騒な言葉を呟いたりして、どうしたのよ？」

頰にかかる髪を耳にかけながら、妻が隣に座った。

そして彼女は、昭三が開いている本を覗き込む。

「あなたもお爺《じい》さんと同じように、蛇神が怖いの？」

「とんでもない！　あ、いや」

思わず否定したが、それが本心でないと気づいて昭三は咳払いした。

「自然災害は怖い。でもそれは、誰だって同じだろう？」

自分は祖父や母とは違うんだと言うことを、なるべく自然に主張した。

彼女は肩を竦める。

「私も蛇神は怖いと思うわよ。でも、きっと、恐れているだけではいけないと思う。身内を水害で亡くしている貴方《あなた》にとっては、受け入れ難い意見かもしれないけど……」

「いいや、そんなことない」

彼女が何を言いたいのかは分かる。

神様と、自然と、人とが、共に生きていく。

蛇神が自然災害ならば、恐れるだけで済ませてはならない。

「僕は、受け入れるべきだと思っているよ」

前向きな返事をする昭三を、彼女は嬉しそうに眺める。

「お稲荷さんは、五穀豊穣《ごこくほうじょう》、商売繁昌《はんじょう》、家内安全、所願成就の神様だものね。人の世は災いが絶えない。それでも前向きに生きていくために、人々の心の拠《よ》り所《どころ》となる神社がある」

「ああ。神社を営む者が、困難で心を腐らせてはいけない」

頭の中に蘇《よみがえ》る祖父の幻影を打ち消す想いで、昭三は強く言い切った。


これは白岡昭三が体験した、過去の記憶なのだろう。

黒い大蛇の怪異は、なぜ彼の過去を映し出すのだろうか？

「亜紀。この怪異は僕らへ襲いかかるものではなさそうだ。安心していいよ」

左側から、遥の優しい声が聞こえてきた。

「遥くん。それなら、これはどういう怪異なの？」

すると今度は、右隣に気配を感じた。京太郎が亜紀へ一歩近寄ったのだ。

「ここに映し出されている記憶に、白岡さんは取り憑かれていると思われる」

記憶に取り憑かれるとは、どういう意味だろうか？

亜紀は首を傾げる。

足元は相変わらず冷たい水で浸されている。まるで、雨に降られ、靴の中まで濡れてしまった時のような感触だ。

その時、鈍い音が聞こえてきた。

驚いて顔を上げた亜紀の目に、嵐の光景が飛び込んできた。


大雨が神社の石段を激しく打ち、雨水が斜面を荒々しく流れ落ちている。

女性が一人、石段から降りた先の歩道に横たわり、水浸しになっている。

慌てて彼女へ駆け寄っているのは、先ほどよりも老けた昭三だった。

横たわっていたのは、彼の妻。

駆け寄った昭三に抱き抱えられた彼女は、震えながらもなんとか体を起こす。意識ははっきりしており、自力で歩けるようだった。

「全く。神社で何をしていたんだ」

心配しながらも強い口調で訊ねる昭三に、彼女は弱々しい笑顔を見せた。

「狐像の掃除をしていたのよ」

彼女は軍手やタワシ、刷毛《はけ》や筆を持っていた。狐像の汚れを落とすための道具だ。

確かに、数分前まで、村は晴れていた。しかし、突如としてゲリラ豪雨が襲ってきたため、妻は清掃作業を中断せざるを得なかった。雨の勢いに慌てた彼女は、石段を降りる途中、雨の水で足を滑らせ転倒してしまったのだ。

帰宅をすると、妻は汚れた体を洗い流し、すぐに眠ってしまった。

「なんだか気分が悪いから、先に寝るわね」

就寝前に、彼女はこんな言葉を残していた。

雨に当たって、体調を崩したのだろう。

その時の昭三は、それくらいにしか考えなかった。


昭三は、花束で囲まれた妻の写真を見つめていた。

「顔色が悪いことには、気づいていたんだ」

翌日の昼ごろ、目を覚ました昭三が寝室へ行くと、疾《と》うに息を引き取った妻が横たわる姿がそこにあった。解剖の結果、彼女の死因は頭部外傷。石段で転倒した際、頭を強打していたのだ。

「こんなことが起こるなんて、誰が思う？」

昭三は、優しく笑う写真の妻を見つめながら問う。

神様と、自然と、人とが、共に生きていく。

そんなこと、本当に可能なのだろうか？

特別なことは望まず、神主としての役割を果たそうとしていただけだ。

それなのに、蛇神は次から次へと、昭三の家族を奪っていく。

昭三は涙を流しながら怒りに震える。

なぜ妻が死ななければならなかったのかと思うと、悔しさと悲しさで感情が入り乱れて、怒りが湧いたが、それをどこへぶつければ良いか分からない。

ぶつける先はない。自然が齎す悲劇を、人は受け入れるほかない。

蛇神が奪ったものは、決して、戻ることはないのだから。


昭三が語っていた言葉の意味を理解した亜紀は、障子の引手へ手を伸ばす。

両手で摑んだ引手を両脇へ思い切り開くと、目の前の闇が吹き飛ばされたように払われ、畳の部屋が見えてきた。

薄暗い和室の中、昭三と泰奈は大蛇に囲まれた状態で会話をしていた。

するると昭三は突如、掛け布団を踏みつけて立ち上がる。

ぎこちない動作で片足を踏み出し、首を徐々に傾け、腕を痙攣《けいれん》させながら天井へと伸ばしていた。

呼吸が荒い。舌を出して、息苦しそうに息を吐いている。

驚いた泰奈が、畳に転がる錠剤を手に取り、素早く立ち上がり、彼へ歩み寄る。

亜紀たちは、畳の上で蠕動《ぜんどう》する大蛇に警戒しながら、二人の様子を観察する。

「狐像は、土砂に流されてなどいない」

昭三は両目を大きく見開き、天井の板目を、その筋の太さまでをも見極めるような凄みのある目つきで凝視していた。

「あれが無くなったのは、台風が来る前のことだ。あの狐像は、僕が壊してしまったんだ。それを始末するために、車に壊れた狐像を積んで、高尾へ行ったんだ」

「なんで始末なんてする必要が？　そんなことしなくてよかったじゃないですか！」

泰奈は昭三に向かって叫んだ。

昭三はヘラヘラと嗤《わら》いながら、滔々《とうとう》と語り出す。

約一年前に、昭三の母が老衰で亡くなった。

母の葬式を終えた昭三は、石段を登り、鳥居の下に佇む。

家族がいなくなってしまった。たった一人になってしまった。

〝蛇神には気をつけなさい。奴は人を選ばずに、人に災いを齎すんだ〟

祖父の言葉が脳裡《のうり》を過ぎったその時、昭三は激しい抵抗感と怒りを覚えた。

けれども、彼の言葉を受け入れざるを得ないのも、事実だった。

「その時思ったんだ。狐像の掃除なんてしていなければ、妻だけは死ななかったと」

妻が死んだのは、ゲリラ豪雨のせいか？　彼女が足を滑らせたせいか？

彼女は神社のために、狐像の掃除をしていた。お稲荷さんを信仰する心を疑うことなく、彼女は神主である昭三に寄り添ってくれていた。

彼女は、なぜ死んだのか。

「狐像の掃除などしていなければ、妻は死ななかった。そう思うと、ものすごい怒りが湧いた。僕はその怒りに任せて狐像をハンマーで殴った。八つ当たりだ。理不尽に家族を奪った蛇神が許せなかった。誰も守ってくれないお稲荷さんも許せなかった。心を腐らせまいと真摯に取り組んでいたのに、誰も守れず、何も成し遂げられなかった自分も許せなかった。そういった怒りを全部ぶつけて、憂さ晴らしでもするみたいに殴り続けて、狐像を壊してしまったんだ」

怒りと悲しみの感情を吐き出すように、昭三は狐像をハンマーで殴った。小ぶりな狐像は、思いのほか簡単に割れ、首がごろりと地面を転がった。

「壊してすぐは何も思わなかったけれど、怒りが冷めた時に、急に、とてもまずいことをしてしまったと感じた。家に帰っても、その罪悪感で何も手につかなかった。だから僕は、その夜に車で神社へ行った。石段の反対側にある車道を使えば、狐像のすぐ近くに車が停《と》められるんだ。それを車の荷台に積んで、地元の人の目を避けながら、高尾山のキャンプ場へ向かった。そこに不法投棄の廃材があることは知っていたから、ゴミと混ざるようにして、狐像を捨てたんだ。まるで、死体を遺棄しているかのような気分だった……」

昭三は肩を震わせて、首を垂れる。

「そんなことしないで、私たちに話してくれればよかったじゃないですか！」

泰奈は昭三に歩み寄るが、彼の真っ黒な目を見て立ち止まる。

「神社の神主が狐像を壊したなんて知ったら、みんな失望して、僕から離れると思ったんだ。そうなったら、この稲荷神社はおしまいだ。僕は、村人からの信用を失いたくなかったんだ」

昭三が狐像を山林へ捨てて村に戻った直後、村を大型台風が襲った。神社にも土砂が流れ込み、まるで土砂が、狐像を飲み込んでさらっていったような光景になった。

そこで昭三は、己の罪を隠すため、「狐像は土砂で流された」と嘘を吐いたのだ。


京太郎は混乱する泰奈の腕を引いて、亜紀たちがいる廊下へ退避させる。

「天宮さん。車を調達できないか？　白岡さんを病院へ連れていきたい」

「病院？　どうして……」

泰奈は言いかけたが、京太郎の視線の先を見て、言葉を止めた。

室内にいる昭三が、右手を痙攣させながら天井へ伸ばしている。天井にある物でも掴もうとしているかのように、右手を広げたり閉じたりしている。そして、折れるかのように不自然に胴体をくねらせると、片足立ちになり、最後に首を左へ捻らせて静止した。

昭三の異様なポーズに、泰奈は絶句する。

白岡昭三は病を患っている。

その病は、なんなのか。

それを知っている泰奈の顔が、たちまち青くなる。

「確かに昭三さんは、奥様を亡くされてからパニック障害を発症しています。突然息苦しくなったり、手足が震えたりする症状が起こる病気です。でも、これは一体？

これもパニックの症状の一つなの？」

不自然なポーズで石のように固まっている症状に、泰奈は混乱する。

一体、昭三に何が起こっているのか。

衝撃で固まる泰奈に、京太郎はもう一度声をかける。

「説明している時間はない。天宮さん、急いでくれ！」

必死の剣幕の京太郎に押され、泰奈は弾《はじ》かれたように玄関へ走っていった。


泰奈が去ったあと、京太郎は昭三に鋭い目を向ける。

おそらく泰奈の目には、不自然な姿勢で片足立ちしているように見えていただろう。

しかし実際は、大蛇が昭三の体に巻きつき、彼の体を締め上げていたのだ。

京太郎は舌打ちする。

「これは蛇憑《へびつ》きだ。こうなってしまうと、人の言葉は白岡さんには届かない」

「蛇憑き……？」

京太郎の台詞を反芻した亜紀は、ふと傍に立つ遥を見上げる。

彼は口を引き結んだまま、厳しい目つきで部屋の中を観察していた。

「遥」

京太郎に呼ばれ、彼の艶《つや》めく虹彩を見つめた遥は、長い睫毛を揺らし、頷く。

「分かってるよ、京太郎。僕に任せて」

遥は柔らかな笑みを見せると、すぐにその表情を引き締める。

人の言葉が届かずとも、遥の言葉なら届くかもしれない。

彼は人の姿を持つが、その正体は狗の妖怪であるからだ。

遥は畳の上を歩き始める。スラリとした脚を一定のテンポで運び、少しずつ昭三へ近寄っていく。大蛇が、彼の存在に気付き牙を見せるが、彼は一切動じない。

大蛇が、その胴体を使って遥の周りをぐるりと覆う。彼の周囲はたちまち真っ黒になる。それはまるで、書道家が書きなぐった筆跡で辺り一面が覆われたかのようだった。

遥は昭三の前で立ち止まる。彼の目と口はぱっかりと開かれ、中は真っ黒だった。

昭三の状態をより詳しく観察しようと、遥は彼の顔を覗き込む。その時、遥のことを取り囲んでいた大蛇の胴体が、磁石のように彼へ吸い付いてきた。

しかし。

襲いかかってきた大蛇を、遥は片腕を伸ばすだけで制する。

「無駄だよ。僕は人間じゃないから、取り憑くことはできない」

大蛇を遠ざけた遥は、昭三の目の中を見つめる。瞼の内側には光が差しておらず、目玉の輪郭も失《う》せている。彼の中に広がる無限の闇を、遥はじっくり読み取る。

止め処《ど》もない闇の中、上下左右も分からず、ゆっくりと降下していく感覚がある。成す術もなく、無気力に落ちていく。

抗《あらが》えない苦悩と、際限ない恐怖が、彼の心を覆い尽くしている。

「白岡さん、聞こえますか？」

絹のような優しい声が、暗闇に差す一筋の光のように、昭三の中に響いた。

昭三の太い眉が僅かに動く。遥の声は、昭三に届いているのだ。

「あなたは、責任感がとても強い。だから、自分の意思を貫けず、大切な人を守ることもできなかった自分が、心底許せなかったんだと思います」

度重なる自然が齎す脅威と、大切な存在を失う恐怖は、昭三の心を蝕んだ。昭三はそれでも、大切な神社を、自分が生きている間くらいは守ろうとしていた。

それなのに、単なる八つ当たりで狐像を破壊してしまった。

割れた狐像を見ていると、失敗し続けた自分を思い起こし、酷く惨めだった。

現実を受け入れたくない昭三は、有耶無耶《うやむや》にするかのように、狐像を捨てた。

「あなたは、奥さんが亡くなってからも、神社の神主であり続けようとしていた。それなのに、感情に任せて狐像を壊してしまったから、真面目なあなたはそれをとても後悔していたんですよね」

昭三は、自分のしたことを後悔していた。村人に嫌われないように嘘までついてしまった自分を、ずっと責め続けていた。

「綿谷先生から狐像を返還する話が来た際、それを断ったのは、狐像を壊した罪悪感から逃れるためだった。これ以上、醜い現実を直視することができなかったから……」

昭三の瞼から、光の粒が溢れ出てきた。

遥は、傷口を手当てするような手つきで、昭三の頬に触れた。

「お願いです。どうか、自分を責めないでください。あなたが悪かったわけじゃない。あなたのせいで家族が亡くなったわけでもないです」

昭三は口と目を閉じた。

やがて開かれた瞼の内側には、涙で滲んだ悲しそうな目があった。

「では一体、どうすれば良い？　廃れた神社の、心を病んだ神主に何ができる……？」

吐息で掠《かす》れた声で、昭三は遥に問いかけた。

寂れていくだけの場所を守ることに、なんの意味があるのか。それを思うと、自分の仕事が無意味に思え、激しい無力感に苛まれていた。

遥は首を振る。

「村人たちは、神社を大切に思っていますよ。そうでなければ、失われた狐像の捜索なんてしないです。天宮さんだって、神社を大切に思っているから、狐像を作ってくれたんです」

何度も瞬きをする昭三に、遥は天使の微笑みを向ける。

「あなたが捨てた狐像は、きちんと修理してあります。だからまた、あの狐像をこの神社に建てませんか？　五穀豊穣を願う稲荷神社の眷属神が狐である理由は、中国の五行思想において、狐が『土』を司るからとされています。この『土』は『水』を打ち消す。つまり水が齎す災害から、田畑を守るという意味が込められています。稲荷神社も、眷属神の狐も、この村には必要な存在なんです」

黒い大蛇が、徐々に昭三を締め上げる力を緩めていく。固く結ばれた紐《ひも》が解けるように、するすると昭三の体から離れていくが、蛇の頭部は、未だ昭三へ視線を注ぎ、その目を光らせていた。

遥は大蛇を横目で睨み、最後の言葉を述べる。

「大切な人を失う悲しみを知る白岡さんなら、同じ立場の人に寄り添えます。そんな白岡さんを必要として、神社に訪れる人がきっといる。あなたの役割はちゃんとあります。だからどうか、自分を信じてあげてください」

大蛇の動きが一時停止したかのように固まった。

そして、遥が鋭い目を向けた途端、大蛇の全身は勢いよく破裂し、木っ端《こっぱ》微塵《みじん》に砕け散る。大蛇を形作っていた真っ黒い破片は、部屋の天井や壁にへばりつき、粘着質な液体のように、ゆったりと畳へ垂れていく。

大きく息を吐き出した昭三が、体のバランスを崩して倒れそうになる。

だが倒れる前に、走り寄った亜紀と京太郎が彼の体を支えた。

「遥くん。ありがとう」

亜紀は昭三の肩に手を回しながら、傍に立つ遥に礼を言う。

「なんてことないさ」

黒い雨で汚れた頬を手の甲で拭うと、遥は笑う。

どんなときも笑顔を見せる彼に少し呆れながら、亜紀も微笑み返した。

5

大学で保管している狐像は無事、村に戻ることになった。泰奈の狐像を取り外し、そこへ本物を設置する予定で、狐像の運搬は綿谷教授が担当することになっている。

急に仕事を頼まれた綿谷は慌ててトラックを手配し、手伝いの学生を招集していた。

白岡昭三は、病院で診察を受け、今は自宅療養中だ。泰奈が近所の人たちに呼びかけ、独り身の昭三が困ってもすぐに助けられるように、村人たちで気にかけてあげることになったらしい。村人たちがボランティアで、神社の手入れもしているそうだ。

亜紀が、京太郎と遥とともに石段を登り終えると、二匹の白狐が尻尾を振って出迎えてくれた。

「我の相棒をここへ連れ戻してくれると聞いた。そなたらの尽力に感謝する」

やたら堅苦しい口調で話しかけてきたのは、古い狐像に宿る白狐だ。

「眷属神なんて荷が重くて嫌だったんだよねー。これで僕は解放されて、泰奈の家でのんびりできる。ありがとね～」

泰奈が作った狐像から生まれた若き白狐はふざけた調子で言うと、胴体を反らせて大きな欠伸《あくび》をしていた。

陽気な白狐たちの態度に、亜紀と遥は顔を見合わせて笑った。

「ところで君たち、昔ここにいた狐さんのこと、なんでちゃんと教えてくれなかったのさ」

やや不満げな表情を見せる遥に、二匹の白狐は揃って「はて？」と首を傾げた。

「どうしてって、僕は前の狐のことを、本当に知らなかったんだよ。泰奈のところを離れてこんな神社に置かれるのは嫌だったけど、なんだか事情がありそうだったから、渋々二代目眷属神を引き受けていたのさ！」

「我は諦めていたのだ。あれが発見され、しかも修理され、しかも戻ってくるなど、まるで考えられなかった。だから話す意味などないと思っていたのだ」

それでも遥は納得がいかないようで、口をへの字にして二匹を眺めていた。

「今週の日曜日に、狐像が戻ってくるよ。泰奈さんが作った狐像は、神社の敷地内の、別の場所に移すわ。今度から、三匹でこの神社を守ってね」

亜紀の言葉に、泰奈の白狐は一瞬だけ動きを止め、やがて顔を上げた。

「なぁ～んだ。僕、まだまだ働かなきゃいけないのか。嫌だなぁ～もう」

泰奈の白狐は亜紀に背を向けるが、その尻尾は、砂埃《すなぼこり》が立ち上がるくらい激しく振られていた。


白狐と話す二人をよそに、京太郎は先に鳥居をくぐっていく。

亜紀と遥も慌てて京太郎の広い背中を追いかける。

手水舎《ちょうずや》で手と口を清めると、三人は本殿へ続く石畳の上を並んで歩く。

亜紀は、そよ風にくせ毛を揺らした京太郎の眠たげな横顔を見上げた。

「蓮城さん。白岡さんに巻き付いていた蛇って、結局どういうものなんですか？」

京太郎は数回瞬きをして彼女に目を向ける。

「愛媛の蛇憑きについて調査した精神病理学的研究の資料がある。そこでは、蛇憑きに遭った人間の所作を『緊張病』と表記していた。現代精神医学的に説明するなら、白岡さんは、パニック障害を原疾患とした器質性緊張病性障害を患った。と説明できる」

「うーん。堅っ苦しい説明だねぇ」

呑気な感想を言う遥を横目で見て、京太郎は鼻で笑う。

「簡単に説明するなら、恐怖体験が忘れられず、そのことしか考えられなくなった挙句、身も心も、恐怖に支配されてしまった。といったところだ」

亜紀はううむと唸る。

「ええとそれなら、この怪異の原因って、恐怖……？」

風が木々の葉を揺らす様を見上げ、京太郎は深呼吸する。

「原因は恐怖心《トラウマ》だ。白岡さんの祖父、母、そして昭三さん本人へと伝染した、自然災害が齎す死への恐怖心。それが、凶悪な蛇神という存在を、心の中に作り出したんだろう」

自然災害で大切な人を亡くしてから、白岡家の人間は、死の恐怖に取り憑かれた。本当に昭三を苦しめていたのは、蛇神ではなく、死の恐怖に取り憑かれていた祖父や母と言えるだろう。

やがて三人は、本殿の御賽銭箱《おさいせんばこ》の前まで来て、立ち止まる。

「白岡さんが凄く心配だったんですけど、病院で泰奈さんがお孫さんみたいに熱心に看病していたから、安心しました。きっと、もう大丈夫ですよね？」

本坪鈴《ほんつぼすず》を見上げながら、亜紀は問う。

強風が木々を煽り緑の葉を舞い上がらせ、亜紀たちの髪や衣服を派手に靡《なび》かせた。

少し間をおいてから、京太郎が応える。

「なぜ、天宮さんが作った狐像に白狐が宿ったのか分かるか？」

「そんなの、分かんないです」

質問に質問で返されたので、亜紀は口をへの字にする。

「人々が彼女の狐像を本物だと認めたからだ。中途半端に技術があるだけの者が作れば、偽物や仮物と見なされただろう。しかし彼女は、そこに眷属神がいると人々に思わせるくらいの高い技術と表現力を持っていた。だから人々は、彼女の狐像越しに、稲荷神の眷属、白狐を想像したんだ」

亜紀と京太郎は、それぞれ財布を取り出す。

「えーと、つまり泰奈さんの腕が良かったからってこと？」

「そういうことだ。白狐が宿るものを創り出せる人間が傍にいるのなら、白岡さんも、この神社も、心配はないと俺は思う。勿論《もちろん》、白狐たちも」

亜紀は小銭入れから硬貨を取り出しながら、小さく頷く。

「私も、そう思います」

遥が垂れ下がる紅白の縄を引っ張り、本坪鈴をガラガラと鳴らす。

遥と二人分の硬貨を握った亜紀は、京太郎と一緒に御賽銭箱へ投げ入れる。

そして三人は、伏馬村の人々の幸せを祈って手を合わせるのだった。

カルテ03　三郷橋のユウレイのコト

1

学食でうどんを啜っていた亜紀は、ふとスマホの画面に目を落とすと、その画面をテーブルへ思い切り叩き付けた。彼女は猛スピードでうどんを平らげると、学食を飛び出す。道中のコンビニでパンや飲み物を見繕うと、そのまま綿谷《わたや》研へ直行した。

「こんにちは！」

扉を思い切り押し開けると、亜紀《あき》は鼻先から冷気に触れる。

「やあ亜紀。今日も元気だね。どうだいこの部屋、涼しいだろう？　綿谷先生が大学にお願いして、故障していた空調を直してくれたんだ。おかげで快適さ」

「快適って、遥《はるか》くんは妖怪なんだから、暑さも寒さも関係ないでしょ。せっかくなら冷蔵庫も買ってくれないかしら。冷えた飲み物を用意するのに、毎回氷を用意しなきゃいけなくて、こっちは苦労しているんだから」

蝶番《ちょうつがい》の軋む音を立てて扉を閉めると、亜紀は足元に聳える資料のタワーを避けながら部屋の隅を目指す。

「確かに冷蔵庫くらいほしいよねぇ～。でも、綿谷研究室にはちっとも学生が集まらないから、割り当てられる予算が低いらしい。冷蔵庫が必須になる状況もないしね」

「そもそも、怪異学の研究をしている学生っているの？　ここに来て三ヶ月くらい経《た》つけど、院生すら見ないよ？」

亜紀はグラスに緑茶を注ぎ、氷を投下して遥に差し出す。

グラスを受けとった遥は、ソファーに座り込み亜紀を見上げる。

「誰も研究室に来ないだけさ。うちは研究に機材や設備を必要としないから、みんな外で勝手にやってるのさ。綿谷先生もいないしね」

一瞬だけ戻ってきた綿谷教授は、狐像問題が解決するやすぐに、再び山へ帰還した。

なぜ彼は大学教授でいられるのか。それは、この大学の最大の謎だ。

亜紀は、綿谷の気楽そうな生き方を羨ましく思う。

「山でどんな修行しているのか知らないけど、綿谷先生って自由で楽しそうでいいなあ。私なんて、ついさっきまた不採用通知が来たんだよ。もうこれで九十回目。社会から不必要って言われているみたいでへこむわぁ」

遥の真似してソファーの背もたれに寄り掛かると、亜紀は己の現状を嘆く。

「へこむ必要なんてないよ。亜紀に合う場所ではなかったってだけなんだから」

遥はローテーブルに置かれた袋に手を入れ、ショコラと粉山椒《さんしょう》のマフィンを取り出すと、一口かぶりつき、首を捻る。

「でも。合う場所を探し続けて、どこにも合う場所がなかったらって思うと怖いんだよね。それに、合うとか合わないって判断で決めちゃうと、自分の可能性を狭めちゃうような気がして嫌なんだ。合わないことでも、やってみることで良い経験になるってこともあるじゃない」

ソファーから立ち上がり、棚へ向かう遥を見上げながら、亜紀は自分の思いを吐露する。

「亜紀が言いたいことは、良く分かるよ。自分が認識する自分が、自分の全てじゃないもんね」

遥は棚の中を物色すると、スティックシュガーの袋を手に取り、再び戻ってくる。

「遥くんみたいな妖怪でも、こんな人間っぽい悩みに共感できるのね……」

冷たい緑茶を一口飲んだ亜紀は、隣に腰を下ろす遥を意外そうに見る。

亜紀の言葉を聞いた遥は、動きを止めて長い睫毛を伏せる。

亜紀の手の熱で氷が溶けて、グラスにあたり涼やかな音が鳴った。

その音に反応し、遥は亜紀をニヤリと見つめ、マフィンを掲げる。

「亜紀。僕はこのマフィンはちょっと微妙だと思う。だからね」

彼はマフィンの中心に人差し指を突き立て、中心部をほじくっていく。

「お行儀が悪いって言われて、人からは敬遠されるかもしれないけど、僕は僕の好きなようにこれを食べてやる」

彼は、ほじくった穴の中に、スティックシュガーをザラザラと流し入れる。

「本当は生クリームとかで穴に蓋をしたいんだけど、そんなものは無いから、とりあえずこれでいいや」

彼はスティックシュガー二本分の砂糖をマフィンに入れると、嬉しそうにそれにかぶりつく。亜紀や京太郎だったら、甘過ぎて嫌になりそうだし、砂糖の味しかしないと思うので決して真似したくない食べ方だが、これが遥の食べ方なのだ。

「うーん。甘くなったのはいいけど、やっぱりちゃんと調理されてないから微妙かも」

彼は口の周りを砂糖だらけにしながら、マフィンの感想を述べた。

人から共感を得ようとは思っていない、遥のマイペースな行動に笑えてくる。

遠回しに励ましてくれたように思えて、亜紀は嬉しかった。

遥に話しかけようとしたその時、ノックの音が聞こえ、ぎぎぃと蝶番が軋んだ。

扉のノブを握っているのは少女だった。華奢《きやしや》な体にだぼっとしたサロペットを纏《まと》い、色白で小さな顔は、顎のラインで切《き》り揃《そろ》えられた黒髪に覆われている。

一見すると少年にも見える中性的な外見だ。

すると彼女の背後から、

「少し散らかっているが気にしないで入ってくれ」

そう言って、京太郎《きょうたろう》が現れた。


「はじめまして。教育学部一年の、古賀瑞希《こがみずき》です。蓮城《れんじょう》さんにお願いしたいことがあって来ました」

膝を揃えて行儀よくソファーに座った瑞希は、亜紀に自己紹介した。

瑞希は大学一年生のようだが、中学生と言われても疑わないくらい若々しい見た目をしていた。陶器のように滑らかな素肌、くっきりした目鼻立ち、薄い唇、小さな顎。

まるで人形のように繊細で可愛らしい彼女の容姿に、亜紀は釘付けになる。

特に、長いまつげに覆われた、オニキスのような真っ黒な瞳に。

なぜだろう。どこかで――

「それは、どんな内容だ？」

窓辺に寄り掛かった京太郎が、腕組みをしながら質問した。

逆光で顔面に影が落ちた京太郎を見上げ、瑞希は不安そうな表情になった。

そして、彼女は妙なことを口にする。

「お兄ちゃんの幽霊を、成仏《じょうぶつ》させてほしいんです」

＊

瑞希には、板野《いたの》茜《あかね》という友人がいる。二人はこの春に大学で知り合ったばかりで、同じ学科だったことがきっかけで話すようになったという。しかし、入学して二ヶ月ほど経った頃から、茜が授業を頻繁に欠席するようになった。欠席の理由を、彼女は全く話してくれず、瑞希は一人で気を揉《も》んでいたという。

「新聞部が運営しているウェブサイトに、心霊スポット特集という記事があるんです。夏休み前にアップされたもので、肝試しが楽しめる場所を紹介しています」

瑞希はスマホを操作し当該の記事を探し当てると、ローテーブルに置いた。

「ここに、三郷橋《みさとばし》について書いてあるんですけど、この記事を読んだ茜ちゃんが実際にそこへ行って、飛び降りようとしたんです」

「み、三郷橋？」

つい大きな声を出してしまった亜紀を、瑞希はもとより、京太郎や遥も怪訝な表情で見つめる。

「あ、いえ……なんでもありません。ごめんなさい」

三郷橋は、隣町の山間部に架けられた橋のことだ。建設当初から飛び降り自殺をする者が絶えないため、地元では有名な心霊スポットとなっている。

茜はこの橋から飛び降りようとしたが、高いフェンスをよじ登る彼女を見かけた通行人が止めてくれたおかげで助かったそうだ。

「それで。君の兄の幽霊と、どういう関係があるんだ？」

瑞希は唇を噛んで、悔しそうな顔つきになった。

「茜ちゃんに、どうして飛び降りようとしたのか聞きました。そしたら……」

言葉を切ると、瑞希は自分のスマホへ視線を落とし、その表情に怒りを滲ませた。

「橋の向こう側に、私にそっくりな少年がいて、手招きされたって言っていました」

「えっ」

亜紀は思わず、口元を手で覆った。

やはり先ほどから感じている妙な胸騒ぎは正しかった。

古賀という名前、宝石のような黒く大きな目。きっと彼のことだ――。

「お兄ちゃんは十年前、あの橋から飛び降りて死んでいます。茜ちゃんが視たのは、お兄ちゃんの幽霊なんです。お兄ちゃんの幽霊が、生きている人たちを死へ誘っているなんて、私は耐えられません。だから成仏させたいんです！」

死んだ兄の幽霊が、生者の命を狙っている。

そんな荒唐無稽な話は、誰も信じないだろう。

しかし、京太郎は首を縦に振った。

「俺は寺の坊さんではないから、幽霊の除霊は約束できない。だが、なぜ板野さんが橋から飛び降りようとしたのか。なぜお兄さんの幽霊が現れるのか。それを、怪異学的に調査することなら可能だ」

京太郎の回答に、瑞希は救われたような表情になり、深く頭を下げるのだった。

＊

時刻は十八時。西の山稜《さんりょう》が紅葉色《もみじいろ》に染まり、空では宵《よい》の明星が煌めいていた。

亜紀たちは、件《くだん》の三郷橋を訪れている。辺りは暗く、人気がない。張り詰めた空気の中、冷えた風がときたま素肌を撫でる。

亜紀は気分が悪かった。足の裏が地面から浮き上がるような焦燥感と、胸にずしりと重石《おもし》が乗っているような感覚がある。鳥肌が立ち、眩暈《めまい》がして、意識が遠のく。

京太郎と遥が何かを話しているが、水中に潜っている時のように、声がくぐもって聞こえて、内容が頭に入ってこない。

亜紀は縋《すが》るような想いで、二人に話しかける。

「蓮城さん、遥くん。ここ、幽霊の数が多いですね……」

自殺者が毎年出る曰《いわ》く付《つ》きの橋。その噂を裏切ることは決してない。

亜紀たちの目は、橋の袂《たもと》や高欄、車道などに、無数のぼんやりとした人影を捉えていた。

性別や顔立ちまではっきりと分かるものから、よもや認識が不可能なくらい輪郭のぼやけた奇妙な存在まで、ありとあらゆる幽霊たちが、三郷橋を跋扈《ばっこ》しているのだ。

「そうだねぇ〜。怖い怖い」

遥はイチゴミルクを飲みながら、呑気な返事をした。

「絶対怖がってないでしょ、遥くん」

隣で爽やかに微笑む遥と対照的に、亜紀は不安げに橋を眺める。

橋は建設当初に設置された高欄に加え、その外側には、二メートルに及ぶであろう鉄製のフェンスが聳えている。フェンスの上部は内側に折れた鼠《ねずみ》返しの作りになっていて、転落防止の役割があると思われる。フェンスはまだ綺麗な銀色で、近年設置されたばかりのものだと分かる。未だに、この場所から転落する者が絶えないのだろう。

すると、橋の中間部で立ちつくす人影が目に止まった。

京太郎も気になったのか、人影から一メートルほど離れた位置で足を止めた。

彼につられて二人も立ち止まり、少しの間、その人物を観察していた。

谷底から生臭い自然物の臭いが吹き上がっている。

無数の不気味な存在が、変則的に蠢《うごめ》き、奇妙な物音を微《かす》かに鳴らす。

通り過ぎる車のヘッドライトの明かりが、アスファルトを滑り抜ける際に、その人物の足元を照らし、ピンクのサンダルが見えた。

「蓮城さん？」

彼女は内股で猫背だった。耳の下から首元にかけての肉付きがよく、街灯の光のせいか、肌色がやけに白んで見える。肩に触るくらいの黒髪は、汗と整髪料で濡れたように重たく垂れていた。

見知らぬ人物に名前を呼ばれた京太郎は眉を顰めた。

「あ、すいません。大学で見たことがあったのでつい」

「東嶺館の学生ですか?」

京太郎は返答を待っていたが、彼女は唇を嚙んで黙るだけだった。

彼女の挙動に不審感を抱いた京太郎は、渋い顔になる。

すると、女性の輪郭が蜃気楼《しんきろう》のように歪んで見えてきた。亜紀と遥は何度も瞬きをして彼女を凝視する。女性の輪郭が歪んだと思われたが、そうではない。彼女と亜紀たちの間を、存在の不確かな何かが横切ったのだ。それは、高欄の輪郭をも歪ませ、その向こう側へ進んで行く。

女性もそれが視えているようで、それを目で追い、二、三歩高欄へ近寄ると、両手でフェンスを握りながら、その向こう側を見つめた。

知らぬ間に夜の帳《とばり》が降り、真っ白な月が顔を出していた。

その月を背景に、小さな人影が浮かび上がる。僅かに吹く谷底からの風でロープを靡かせながら、その人影はゆっくりと上空から降下してきて、音もなくフェンスの上部に着地した。

真っ白なロープから、細く青白い子供の両足が出ていた。

女性は両手でフェンスを握りしめたまま、その子供に釘付けになっていた。

一際強い風が吹き、目深に被られていたフードが払われて脱げる。

額を覆う黒髪の下に、青白い素顔。大きな目は鉱物のオニキスのように黒い。

「やっぱり、あなたなのね……」

亜紀の口から苦しげなつぶやきが漏れ、体に震えが走る。

小ぶりな鼻に、控えめな唇と小さな顎。その人形のように繊細な外見は、瑞希とよく似ている。

女性は彼の素顔を見るや高欄に片足をかけたので、京太郎が慌てて長い腕を伸ばし、彼女の二の腕を摑んだ。

「おい、何してるんだ！」

京太郎に摑まれた彼女は、焦ってその手を振り払うと、酷く怯えた様子で唇を震わせた。何か言葉を発するのかと思いきや、彼女はそのまま背を向けて、京太郎から逃げるように、全速力で走り去るのだった。

「あーあ、行っちゃった。もう少しだったのに」

フェンスの上から声が聞こえてきたので、三人は顔を上げる。

ローブに身を包む華奢な少年幽霊が、鼠返しの部分に座って得意気な顔で三人を見下ろしていた。

「君はここで、何をしているんだい？　単なる幽霊というわけではなさそうだね」

遥が警戒しながら、少年に尋ねた。

少年は白い歯を見せてケタケタと嗤う。

「僕がここで何をしていようが、君たちには関係ないじゃないか」

何が面白いのだろうか。亜紀たちにはさっぱり分からない。

遥が、嗤う少年を見て目の色を変えた。

「君、幽霊じゃないな？」

少年は、遥の科白《せりふ》に反応し、嗤うのをやめた。

顎を上げて小首を傾げると、彼は挑発的な表情になる。

「幽霊じゃないなら、僕はなんだ？」

「妖怪だ」

「ははは！　それで？　僕が妖怪だったら何なの？」

「君が現れた原因を探る。僕たちは、君をここから消したいんだ」

「どうして？　僕が消えると、君たちにとって良いことでもあるの？」

「君が消えれば、君に誘われてここから飛び降りて死ぬ人がいなくなる。それが、僕たちの依頼主の望みだからだよ」

少年は両目を三日月のように細め、口の両端を限界まで引き上げた。それは肝が冷える不気味な表情だった。

「ひひひひひっ！　勝手にすれば？　僕は君たちが何をしようがどうでもいいし関係ないし興味もない。バカバカしいアホくさ。あははははは！」

少年は突然、フェンスを滑り降りるように頭から急降下し、遥の目と鼻の先に、その美しく不気味な顔を寄せた。遥は負けじと、少年を睨み返す。

二人の様子を見つめながら、亜紀は一歩、二歩と、後退する。

久しぶりに怪異と関わりたくないと思っていた頃を思い出す。頭が重くなってきて、息苦しい。呼吸の度に冷汗が滲み出て、目の前が暗くなっていく。

亜紀は思わず、顔を伏せて目を閉じた。

それでも、瞼の裏側に少年の素顔が蘇る。

逃れることはできない。

目を開けると、遥と少年はまだ睨み合っていた。

「君に嗤われる筋合いはない」

反論する遥に、少年は心底呆れた顔を見せた。

彼は身を引くと、両手でフードを被り直した。

「あんたたちのやろうとしていることは、どうしようもなく無意味なことだよ」

捨台詞《すてぜりふ》を吐くと、少年は夜空へ上昇していった。

亜紀たちが見上げる中、彼は月明かりに真っ白なローブを輝かせ、やがて煙のようにその姿を眩《くら》ませるのだった。

*

瑞希の兄の姿をした存在を、幽霊ではなく妖怪だと遥が指摘したのは、彼が必要以上に言葉を話し、人に対してイタズラなり悪さなりを働く、妖怪的な特徴があったからだ。と言っても、これらの要素だけで幽霊説を除外することも難しいだろう。

その翌日、瑞希は兄について話すため、再び綿谷研を訪れた。

「これが、生前のお兄ちゃんを撮影した写真です」

瑞希は帆布の鞄から封筒を抜き出し、現像された写真を一枚ずつ、ローテーブルの上に並べた。

亜紀と京太郎、そして遥は、写真をまじまじと見つめる。

瑞希と似た容姿の小柄な少年が写っている。その姿は、やはり三郷橋にいた彼と合致する。ただ写真の少年は、あの不気味な表情とは真反対の、清々しく利発そうな顔つきだった。

妹と満面の笑みを見せる少年の写真を見た亜紀は、脳裡を過るものを感じた。

「元々、三郷橋は自殺の名所なんですが、お兄ちゃんが死んでから、後を追うように死んだ子供が何人か出てしまったんです。それを不気味に思った人たちは、子供たちの自殺を、お兄ちゃんの幽霊が誘っているからだと噂するようになりました」

「君は、お兄さんの幽霊を視たことはあるのか？」

京太郎の問いに瑞希はやや俯き、数秒押し黙ってから首を縦に振った。

「その幽霊は、お兄さんで間違いないか？」

「それはなんとも。じっくり見たわけじゃないですから」

幽霊を目撃してじっくり観察することができる人間は少数派だろう。

いくら気になっていても、恐怖心からすぐさまその場を立ち去るのが普通だ。

「そもそも、お兄さんはなぜ橋から飛び降りたのか……、聞いてもいいだろうか？」

「お兄ちゃん、学校でいじめられていたんです。そのせいで、自殺したんです」

瑞希は重苦しい表情になった。

京太郎は彼女に詫《わ》びると、最後にこんな質問をする。

「ちなみに、お兄さんの名前はなんていうんだ？」

その質問に、亜紀の動悸《どうき》は激しくなり、口の中が乾いていく。

窓から差し込む日差しに照らされた瑞希は、柔らかい微笑みを京太郎に見せた。

「古賀《こが》亮太《りようた》といいます」

覚悟していたとはいえ、亜紀は締め付けるような息苦しい記憶に支配され、目の前が真っ暗になっていくのだった。

2

帰宅した亜紀は自室へ入って部屋の明かりを点《つ》け、鞄を床に放り投げると、勉強机へ歩み寄った。机の上には、大きく分けて二種類のものが乱雑に並んでいる。

一つは就活関係。いい加減会社を決めたいがなかなか決まらない。

そしてもう一つは、怪異の書物。就活書類を邪魔するように、それらは机上にのさばっている。

就活のことだけを考えれば良いのは分かっている。それなのに、これら怪異の書物を排除できない。

京太郎と遥がいる綿谷研へ行くことが心地よいから、というだけではない。

怪異を認知できる自分のアイデンティティを失いたくない、というだけでもない。

亜紀はデスクの横にある本棚へ向かい、本の背表紙を目で追い始める。そして目が止まると、素早くそれを抜き出した。重厚感ある一冊を書類で散らばる机の上に置くと、亜紀は一息吐いた。

「逃げることは、もうできない」

深呼吸をして自分を落ち着かせると、思い切って本を開き始める。

硬質なページを次から次へと捲《めく》り、辿り着いたのは六年二組の写真。

これは、亜紀の小学校の卒業アルバム。実は、開くのは初めてのことだ。自分の写真が嫌いで、小学校に嫌な思い出しかない亜紀にとって、それらを詰め合わせた卒業アルバムは、決して見たいものではなかった。

それなのに、捨てることもなく置いていた理由。

それは、自分の中から消し去ってはいけないと感じていたからだ。

アルバムに収まる生徒の写真。そこには、クラス中の子供たちが見たくないと思いつつ、しかし見ざるを得ない現実がある。

「古賀くん。あなたが本当に、人を死へ誘っているっていうの？」

古賀亮太。六年生の春に入ってきた転校生。

才色兼備な美少年は、一躍クラスのスターとなったが、それは長くは続かず、やがていじめの標的になった。

そしてある日、その命は呆気なく失われた。

彼だけではない。

亜紀は同じクラスの女子の写真を見つめる。

自分が逃げてきた過去を、十年後の今になって再び見つめ直すことになり、心臓が波打つ。それは、記憶が蘇るに連れてみるみる激しくなる。

ふと、窓ガラスに物がぶつかる音が聞こえた。

我に返った亜紀は、一度深呼吸をしてから、思い切ってカーテンを開く。

掃き出し窓の外、ベランダには、白狗姿になった遥が風に吹かれながら座っていた。

「遥くん。そんなところでどうしたの？」

窓を開けた亜紀が尋ねると、遥はゆっくりお尻を上げて、白い足を運び近寄ってくる。そして、その前足を窓の桟にかけると、亜紀を見上げた。

「亜紀。大丈夫かい？」

「大丈夫って何が？　私は別に、なんともないわよ」

亜紀の返事に、遥はしばらく黙ったまま、亜紀の目を見つめた。

微動だにせず静止し続ける遥とは対照的に、亜紀の方は視線が定まらず、動揺をまるで隠せなかった。

ぼわっと白い煙が上がったかと思うと、遥の腕が伸びてきた。

青年姿へ戻った遥は、右手の指で亜紀の富士額《ふじびたい》を愛《め》でるように触れると、手のひらで亜紀の両目を覆い隠す。

「亜紀が何を思っていても、どんな過去を抱えていても、僕たちは君を受け入れる。仲間意識とか絆《きずな》とかいう情熱的な理由じゃない。利用価値があるとかいう話でもない。理由なんてない。ただ単に僕らが、君を受け入れることにしたんだ」

遥は亜紀の首にもう片方の手を滑らせると、首の後ろを手のひらで包むように抱え、そっと自分の方へ引き寄せる。

「だから亜紀。我慢しないで。無理もしないで」

新緑のような爽やかな遥の匂いを嗅ぎながら、亜紀は察した。

遥も京太郎も気づいている。何一つとして隠せていない。

「参ったなぁ」

亜紀は額に遥の胸の温度を感じながら、目を閉じたまま降参の声をあげた。

過去を忘れなければ前へ進めなかったから、自分の意思で忘れようとしていた。

それでも、白い布がはためく様子を見ていると、心がざわめく。

それをどうにか胸の奥に押し込んで、前向きになろうとしていた。

分かっている。そんなことをしたって、現実に逆らえないことは。

だから、せめて自分を受け止めてくれる大切な人には、話さなければならない。

＊

両膝を揃え、綿谷研のソファーに座る。

手のひらに冷たい革の感触を感じながら、亜紀は京太郎と遥の二人と向かい合う。

二人は、いつもよりも穏やかな表情で、こちらを宥めるように見ていた。

「私はずっと、他人を信じることができず、誰の言葉も聞き入れることができませんでした。学者だった父のことだけを頼りにして、生きていました」

薄暗い研究室の中、亜紀は落ち着いた口調で、これまでのことを話し始める。

「でも父は、二年前に事故で他界しました。頼る人を失った私は、それまでの嫌なことを無理やり忘れ、他人への恐れを感じないようにしました。人にはできるだけ愛想良く振舞って、嫌われたり、怒られたりしないようにしました……」

寄りかかるものを失った気分だった。疲れた時、悲しい時、辛い時、甘えたい時に、亜紀はその欲求を飲み込まなければならなかった。自分のことは、自分でケアしなければならない。自分のことは、自分で律さなければならない。

平気で他人を裏切る冷酷な人たちが蔓延《はびこ》る社会を、父がいなくとも堂々と生きていくための強さを、身につけなければならない。

今の前向きな亜紀は、そんな想いから生まれた存在なのだ。

「私が人を信じられなくなった理由は、今から十年前の出来事にあります」

十年前。折笠亜紀は十二歳で、小学六年生の少女。

亜紀は、ローテーブルの上に、小学校の卒業アルバムを置き、とあるページを捲る。

「古賀亮太くんは、私と同じクラスだった生徒です。彼は転校生で、学校に来てから僅か半年後に、三郷橋から飛び降り、亡くなりました。このクラスでは、古賀くんを複数の生徒がいじめていたんです。私は……」

教室中に響き渡る亮太への暴言。生徒たちによる、亮太への卑劣な嫌がらせ。

それらがフラッシュバックし、亜紀の鼓動が速くなる。

「私は、いじめを止められませんでした。大人を頼っても無駄だった。いじめる生徒たちを自分で止める勇気もなかった。いじめっ子たちに怯えるあまり、何をすることもできなかった。そうやって私は、古賀くんを見殺しにしたんです」

亜紀は、とある女子児童の写真を指の腹で撫でる。

「そしてもう一人。高瀬《たかせ》里美《さとみ》さんも被害者です。彼女は古賀くんが自殺した一ヶ月後に、彼を追うように三郷橋から飛び降りて亡くなっています」

京太郎と遥は、険しい顔でアルバムの写真に見入っている。

たった一年の間に、二名の児童が自殺した呪われたクラス。

心ない生徒たちのいじめと、それにより人命が失われることを目の当たりにした小学生の亜紀が、他者に対し常に猜疑心《さいぎしん》を抱くようになったのは、自然なことだった。

「高瀬さんの両親は離婚して、彼女はお父さんについていきました。お父さんは再婚して、義母の家族と暮らしていましたが、その家族にいじめられていたそうです。彼女はその事実を手紙に書き、自殺前に、離れて暮らすお母さんへ送っていました」

いじめに耐えかねて自殺した古賀亮太に影響され、死を決断したのだろうか？

誰かに相談してくれれば良かったのに、と話す大人たちは、彼女の気持ちがまるで汲《く》み取《と》れていない大馬鹿だと亜紀は思った。一人の少年すら守れなかった大人たちに、自分の相談をしようなどと思うわけがない。むしろ、自ら死んでやることで、彼らの無能さを嘲笑《あざわら》ってやろうという気持ちになってくる。高瀬里美は、端《はな》から誰の言葉も聞く気がなく、亮太の死を知った瞬間に自殺を決意したに違いないと、亜紀は思った。

「いつからか、高瀬さんが死んだのは古賀くんの幽霊の仕業だと話す生徒が現れました。みんなで彼を見捨てたから、高瀬さんを道連れにしたんだろうって思ったみたいです。古賀くんの幽霊が人を死へ誘うという噂は、この頃から語られ始めたんです」

こうして、三郷橋の少年幽霊の噂は誕生したのだ。


京太郎と遥は、ソファーに座ったまましばらく黙っていた。

夕日が二人の頬を照りつける。二人ともアルバムを睨み熟考している様子だ。

最初に顔を上げたのは、京太郎だった。

「他にも古賀亮太に誘われて自殺したと噂される人間がいるんだろう？　彼らについて調べよう。高瀬里美のように自殺の動機があるのか、それともないのか。それが分かるだけでも前進する」

「蓮城さん。今回は私も当事者なので、力になれると思います。というか、頑張らなきゃいけない時だと思います。古賀くんは、私が殺したようなものですから。小学校の頃の友達に聞けば、きっといろいろ分かるんじゃないかな」

京太郎が立ち上がって歩き出す気配が感じられたが、亜紀はアルバムに視線を落としたまま話し続ける。

「アルバムのどこかに電話番号が書いてある筈だから、すぐに連絡とれますし」

亜紀は前かがみになって、アルバムのページを捲ろうと手を伸ばした。

だがその時、京太郎の手のひらに頭を押さえられ、亜紀は思わず動きを止めた。

亜紀の真横で立ち止まった京太郎は、本棚を見上げたまま、大きな右手で彼女の頭をそっと撫でていた。

「折笠は、古賀亮太を殺してなんかいない」

京太郎は手のひらを亜紀の頭頂部に押し付け、髪が乱れるくらい撫で回すと、徐に手を離し、綿谷研を出て行った。

固まったままでいる亜紀に、遥が微笑みかける。

遥の陽だまりのような笑顔を見た亜紀は、その優しさに胸が熱くなり、頭を垂れてしばらく肩を震わせていたのだった。

3

垂れ落ちたサロペットの肩紐《かたひも》を上げながら、瑞希は亜紀と京太郎を見上げた。

「ここが新聞部です。あの記事を書いたのは梶山祐介《かじやまゆうすけ》くんという学生です」

文学部棟から中庭と運動場を抜けて部室棟へ歩いた亜紀たちは、劣化した部室棟の、亀裂を埋めた痕が残るコンクリート階段を登り、新聞部の部室に辿り着いた。

瑞希が威勢良くノックをすると、部員の女子学生が三人を招き入れてくれた。

部室の壁は物置や本棚で覆われ、部屋に敷き詰めるように机が配置されていた。その上にはPCやテレビ、雑誌類やファイルが乱雑に積み上がり、それらの隙間を埋めるように誰かの飲み物やお菓子が置いてある。女子学生に案内されて室内を歩いていた亜紀はふと、机の下を覗き込んでみた。

「ひっ！」

床に寝袋を敷いて寝ている人物がいたのだ。近くにポテトチップスの袋が開けっ放しで落ちていて、虫が集《たか》っていた。

「あ、驚かせてごめんなさい。彼、課題で忙しかったみたいで仮眠中なの」

女子学生は軽く説明すると、パーテーションを開き、応接用に準備しているらしきエリアに三人を通した。パイプ椅子に三人が座ると、彼女は机の上に紙コップを三つ置き、コーヒーを注ぎ、立ち去っていった。

そして間も無く、派手なポロシャツを着た茶髪の男が現れた。

「おお〜！　本当に蓮城さんがいるじゃないですか！　いきなり俺を名指しで呼ぶなんて、一体どうしたんすか？　記事にしてほしいことでもありましたか？」

耳たぶや首回りにアクセサリーを躍らせた軽薄そうな男が現れた。京太郎と亜紀、それから瑞希を順番に眺めると、三人の向かい側に勢いよく着席し、持参していた炭酸飲料の蓋を開けてごくごくと飲んでから話を始めた。

「どうも、梶山祐介です。俺が書いた心霊スポット特集について聞きたいってことですけど、あれがどうかしましたか？　あ、もしかして、怪異学的観点からの考察とか話してくれたりします？　第二弾の記事も考えてたんで、もし何か面白い話を知っているようなら、ぜひ聞かせてください。ギャラもきっちり払いますんで！」

尻ポケットから携帯を抜き出すと、梶山は録音アプリを起動しようとする。

しかし、瑞希がそれを遮る。

「いいえ！　今日は、三郷橋で自殺した人たちについて教えてもらいたくて来たんです。あの記事では、少年の幽霊のことを書いていたと思います。その幽霊に誘われてどんな人が亡くなったのか、知っていませんか？」

「少年の幽霊に誘われて、誰が自殺したかって？　あ〜、そこは大して調べてないよ？　あれは肝試しでオススメの場所を紹介するために書いただけっすから」

「じゃあ、何もご存じないってことですか？」

瑞希は残念そうに項垂れる。梶山は踏ん反り返って頭を掻いていたが、京太郎へ視線を向けると、何かを思いついたような顔になり立ち上がった。

「おい！　確か木嶋《きじま》の野郎がその辺で虫と一緒に転がってたよな？」

彼はパーテーションの外へ出て、他の学生に聞いていく。

再び現れた梶山は、寝癖で髪の毛が爆発した青年を連れていた。

「紹介します。この寝ぼけ野郎は木嶋暁良《きじまあきら》で、うちの部員です。前にこいつと飲んでた時に、同級生が二人ほど三郷橋から自殺しているって話をしてきたんすよ。それであの橋に興味が湧いて、あの記事を書いたってわけです」

同級生が二人自殺。そのワードに亜紀はギクリとして、木嶋を見上げる。

ヨレたスエットを着て目の下にクマを浮かべ、寝癖を弄《いじ》っている細身の男は、亜紀に見つめられると、黒縁メガネのレンズ越しに彼女を見返す。

亜紀は、木嶋の顔に見覚えがなく、首を傾げる。

「新聞部四年の木嶋です。寝起きですんません、オールしてまして。ああ、朝方にシャワー浴びてから寝てるんで、安心してください。よっと」

木嶋は梶山と一緒に三人の向かい側に座ると、大きな欠伸をした。そしてコーヒーを呷《あお》り、両手を組んで頭上へ伸ばすと、背筋を伸ばして深呼吸をした。

「けして楽しい話なんかじゃないですよ。というか、俺としては思い出したくもないから封印してたつもりなんですけど、べろべろに酔っ払った時についポロッと話しちゃったんですよ。んで、この梶山は性格が悪いもんだから、俺の話を元に記事なんか書きやがった。まあ、内容は肝試しスポットの紹介って感じで、自殺者には触れてないから良いですけどね」

木嶋の横で、梶山は肘をついてへらへらと笑っていた。

「同級生が二人も自殺なんて珍しいと思うけど、いつ頃のことなんですか？」

亜紀が尋ねると、木嶋は渋い顔をしてため息を吐いた。

「俺が中学二年の時です。同じクラスだった、井沢彩花《いざわあやか》と風見康太《かざみこうた》が立て続けに自殺したんです」

二人の名前を聞いた亜紀と京太郎は、目の色を変える。

「この二人はカップルだったんですよ。先に井沢が自殺して、それにショックを受けた風見が後追い自殺をしたんです」

「どうして井沢さんは自殺なんてしたんですか？」

瑞希が身を乗り出して木嶋に聞く。彼女の目を見た木嶋は、細い目を大きく広げ、少し驚いた様子だった。

「小学生の時の出来事が原因だ。二人は小学六年の時も同じクラスだったらしいんだが、その時クラスにいた、古賀亮太って児童が、井沢の死と関係している」

アルバムに井沢彩花と風見康太の顔写真も載っていたことを、亜紀たちは覚えていた。二人は小学六年生の時、亜紀と同じクラスに在籍していたのだ。

井沢彩花と風見康太も、高瀬里美のような理由で自殺したのだろうか？

木嶋はかったるそうに首を鳴らし、肩の凝りを片手で解すと、メガネのブリッジを押し上げ、遠い目をしながら話し始めた。


学区分けによって、亜紀とは別の中学校へ進学していた井沢彩花と風見康太。木嶋暁良は、中学二年生の時にこの二人と同じクラスだった。

この頃の木嶋は反抗期だったので、周りのあらゆるものに屁理屈《へりくつ》を付けたがる面倒な性格をしていた。暗い顔で席に座る井沢を見ると意味もなく苛立ったたし、遊び仲間の風見が挙動不審なところも気に食わなかった。他人のちょっとした仕草に苛立っても仕方ないことは分かっていても、ぶん殴りたい衝動に駆られることがあった。

「木嶋は堂々としていていいな」

クレーンゲームに奮闘する風見が、唐突に褒めてきた。すでにペンギンのぬいぐるみを十匹くらいゲットしているにも拘《かかわ》らず、彼は筐《きょう》体《たい》に小銭を注ぎ続けていた。

「はぁ？　普通だろ。いつも死んだ魚みたいな目してるてめぇが変なだけだ」

風見は笑った。その態度に腹が立った木嶋は、筐体を蹴りつけてやった。おかげで彼が狙っていたぬいぐるみは、敢《あ》えなくアームから滑り落ちていった。風見が文句を言いながら再び小銭を投入する様子を、木嶋は黙って見ていた。

風見が小遣いを使い果たしてゲットしたぬいぐるみと同じものが、井沢の鞄に取り付けられているのを、木嶋は授業中に発見した。いつも幽霊でも背負っているみたいに猫背で、地面ばかり見ている井沢が、ゲーセンでぬいぐるみを取る光景はどうしても想像できなかった。気になって彼女を観察していたところ、井沢と風見が、周りの人間には内緒で交際していることに気がついた。

いつもは暗い印象の井沢が、風見と二人だけの時は晴れやかな笑顔で歩いている。

いつもは情けない印象の風見の背筋が、井沢といる時は少し伸びて見える。

二人が交際していることを隠していたのは、同級生にからかわれるのが嫌だったからだろう。いつも他人の目に付かないような演技をしておき、注目されないようにしていたのだろう。そう思った木嶋は、人気のない公園で仲良く語り合う二人の前に、思い切って飛び出した。

「なんで隠れて付き合う必要があるんだよ。別に、お前ら二人が付き合っていることを嫌がる人間なんかいないだろ！　二人揃って陰キャなんだから、羨ましくもねーよ。からかわれるのを怖がっててんのか？　そんなの、てめぇらが堂々としてればいいだけの話だろ。なんでもっと、普通に楽しそうにしねぇんだよ！」

ブランコに座っていた二人は口を開けて、一人で喚《わめ》く木嶋を見上げていた。

それから、二人は交際していることをあからさまに隠さなくなった。席に座る井沢は少し姿勢が良くなった。彼女は睫毛が長くて、思いの外美人だった。風見は相変わらずたどたどしいことがあるけれど、以前より威勢が良くなった気がした。

クラスの生徒達は、井沢と風見が付き合っていることを知っても、彼らをからかったりしなかった。二人を好意的に受け入れ、一緒に学校行事を楽しんだり、レジャー施設へ遊びに行ったりして、絵に描いたような青春を満喫していた。

そこには、なんの苦しみも悲しみもなく、幸福な時間が続いていた。

少なくとも、木嶋にはそう思えていた。

それなのに、井沢は三郷橋から飛び降りた。


満ち足りた学生生活を送っていたはずの少女が、唐突に自らの命を絶ったのだ。

クラスメートも井沢の家族も、先生も、誰も彼も、彼女の死に驚きを隠せなかった。

そして、彼女の死にショックを受けた風見は、学校を休むようになった。

誰もが風見を心配した。十四歳の少年にとって、恋人に死なれるのはあまりに酷だ。

彼が学校へ来ないことを誰も責めず、彼が自ら登校できるようになるまで待つことにしたが、木嶋は落ち着いてはいられなかった。

なぜ井沢が自殺などしたのか、木嶋はそれが気になって仕方がなかった。クラスの誰もが湿っぽい空気に浸る中、木嶋だけは一人、彼女に何があったのかを必死で考えていた。男子が知らない間に、女子たちから嫌がらせをされていたのか？　それとも、風見が彼女のことを傷つけたのか？　あらゆる可能性を想像したが、どうしても答えらしきものは浮かばなかった。

苛立つ気持ちを抑えながら、木嶋は三郷橋へ向かった。井沢が飛び降りた橋がどんな場所なのか、なぜ彼女が、学校の屋上ではなく、この橋を自らの処刑台に選んだのかを探るためだった。

彼女が飛び降りた地点には、花束がいくつも置いてあった。試しに橋の下を見下ろすと、目も眩むほどの高さに貧血を起こしそうになった。やはりおかしい。男子でさえも恐怖を抑えられない高所から、なぜ井沢は飛び降りたりしたのだろうか。

腕組みをして考え込む木嶋の傍に、白や紫色の花束を抱えた女子二名が現れる。見覚えのない二人だった。二人ともその目は曇っていて、焦点が合っていない。

彼女たちはふらふらと歩いてくると、花束を道端に置き、道路に膝をつく。

そして悲しげに手を合わせた。

「井沢さんまで、古賀くんの後を追うなんて」

「お願い古賀くん。これ以上、みんなを殺さないで」

古賀って誰だ？

木嶋は、祈りを終えて立ち上がる二人を引き止め、詳しく尋ねた。

そして彼は、かつて井沢と風見のクラスメートだった古賀という少年が、三郷橋から自殺したことを知った。

「古賀くんの幽霊が、井沢さんを死の世界に誘ったんです。きっと」

少女たちは、井沢の死を亮太の幽霊の仕業と語ったが、木嶋はそんな話を信じたりしなかった。

その後、井沢らと同じ小学校出身だった生徒に、それとなく疑問を投げかけるも、特に有力な話は聞けなかった。

「なんで井沢さんが風見くんなんかと付き合ってたのか分かんない。意味不明」

同じ小学校出身の女子の中に、風見に対する愚痴を言う者がいるくらいだった。

そんなある日の夜。塾から帰った木嶋は、スマホに留守電が入っていることに気がついた。鞄と上着を床に投げ捨て、木嶋はすぐにそれを再生する。

〝あ、もしもし。木嶋、いきなり電話したりしてごめん。話したいことがあったんだけど、そういえば塾に行ってたよな。えっとそうだなぁ。なにから話そう。へへへ〟

そのぎこちない話し方に、木嶋は苛立つ。

〝木嶋には正直に話そうと思ったんだ。僕と彩花のことだよ。僕と彩花は、小学校も同じだったんだ。二回同じクラスだった。最初は二年生の時で、僕はその時から彩花が好きだったから、六年生でまた同じクラスになれた時は、超嬉しかった。やっと、また同じクラスになれたのが嬉しすぎて、夜も眠れなかったよ〟

なんの話を始める気だろうか。木嶋はベッドの上で胡座《あぐら》をかいて漫画を開く。

〝でも、彩花には他に好きな男ができてしまったんだ。古賀亮太っていう転校生だ。古賀は女みたいに背が低くて痩せた奴だけど、顔が良くて、勉強も運動もできて、しかも性格も良い奴だった。勝ち目がないって思った。僕なんか一生敵《かな》わない相手だったんだ〟

古賀亮太。自殺したらしい古賀亮太。

顔も頭も運動神経も良かったのか。そんなに完璧な奴だったのか。

なんでどいつもこいつも、古賀とかいう男の名前を出すんだ？

木嶋は漫画を閉じて、スマホに顔を寄せる。

〝僕は、古賀が嫌いだった。せっかくまた彩花と同じクラスになれたのに、横から掻っ攫《さら》おうとする古賀がすごく嫌いだった。古賀が嫌いなあまり、僕はつい古賀の悪口を言ったんだ。古賀は前の学校で、自分より馬鹿な同級生をいじめていたって話したんだ。それでちょっとだけ古賀の評価を下げることができれば満足だった。それなのに……、それからみんなが、次々と古賀の悪口を言うようになっちゃって、古賀はいじめられるようになったんだ〟

風見の嘘を信じた子供達は、古賀を軽蔑し、いじめるようになった。

井沢が想いを寄せていた古賀は、こうしていじめられっ子に変貌した。

〝古賀は、いじめに耐え切れず自殺した。それから彩花は心を閉ざした。僕は、そこまでするつもりなんて全然なかったんだ。ただちょっとだけ、古賀がイメージダウンすればそれで良かった。それなのに、古賀が死んで、彩花は笑わなくなってしまった。中学に上がっても、彩花は暗いままだった。僕は、彩花を傷つけたんだ〟

教室にいる井沢を思い出す。彼女は俯いていて、何も楽しくないといった表情だった。あれは、好きだった男を失ったショックから来るものだったのだ。

〝彩花に立ち直って欲しいと思った僕は、彩花に寄り添うようにした。彩花は、僕が古賀のいじめの発端となったことは知らなかったみたいで、僕の話を素直に聞いてくれた。なんかその時、思っちゃったんだ。このまま彩花が何も知らないままなら、僕は彩花と距離を詰められるかもって。彩花に僕の罪がバレないようにすれば……、小学校の頃の知り合いにバレないようにすれば……、僕は彩花と一緒にいてもいいかもしれないって、思ったんだ〟

ずっと手に入れたかった花が手の届くところで咲いている。

少年は、自分の足元に死体が埋まっていることを隠して、その花に手を伸ばした。

人目を避けて、少年はその芳しい香りに酔いしれていた。

〝だけど木嶋が現れた。木嶋が、隠れることなんかないって言ってきた時、最初はすごく焦ったけど、付き合ってることを隠すのをやめたら、彩花はどんどん明るくなって、昔みたいに笑うようになった。それに、僕の罪のことなんて、小学校の頃の知り合いはきっと忘れてるって思ったから。別に僕が古賀を突き落としたわけじゃないから、もういいだろうって思ったんだ〟

木嶋は堂々としていていいな。

あれは、罪の意識から堂々とできなかったからこそ出てきた言葉だったのだ。足元に死体が埋まる風見は、その後ろめたさで胸を張れなかったのだ。

〝でも、ダメだった。誰かが彩花に、僕の罪を教えたらしい。心の奥底で、古賀のことをまだ想っていた彩花は、僕に真実を話せって言ってきた。もう黙っていられないから、僕は素直に全部白状した。昔から彩花が好きだったこと。古賀に彩花を盗《と》られると思うと耐えられなかったこと。古賀のイメージダウンのために流したデマをみんなが信じて、いじめに発展したこと。全部を話して、土下座して謝った。彩花にフラれることも覚悟した。それなのに、彩花は僕の話を聞くだけ聞いたら、走ってどこかへ行ってしまったんだ〟

井沢がどこへ走っていったのか。

考えるまでもない。

〝木嶋。彩花は、僕のせいで死んだんだ。彩花は古賀が好きだったんだ。俺と付き合っていても古賀が忘れられなかった。だから、古賀を貶《おとし》めた僕なんかと付き合ってしまった自分が許せなくて、あの橋から飛び降りてしまったんだ〟

木嶋はベッドから飛び降りた。床に投げ捨てた上着を羽織ると、階段を駆け下りる。

〝僕、木嶋には感謝しているんだ。あの時木嶋が声をかけてくれなかったら、彩花と楽しい時間を過ごすことなんかできなかったと思うから。それをどうしても伝えたかったんだ〟

みんなにからかわれるのが嫌だから、二人でコソコソ会っていた。と思い込んだのはなぜだろう。自分の目に見えている世界が全てなんて、どうして思い込んでいたのだろう。まだ十四歳とはいえ、その人には十四年分の経験が詰まっている。

人がどんな想いを抱えて生きているかなんて、その人以外には分からない。

井沢が暗かったのは、想い人を亡くしたという悲しい過去を抱えていたからだった。

風見が挙動不審になりがちなのは、自分の迂闊《うかつ》な発言で人が死んでしまった過去を抱えていたからだった。

そんなトラウマを抱えていたことを、中学生の木嶋に予想できるわけもない。

あの時、公園のブランコでひっそりと語り合う二人の前に出ていかなければ良かったと思う反面、自分の性格上、出て行かない選択肢はなかったとも思える。

とにかく木嶋は、全速力で走った。それが、自分にできることだったからだ。

しかし、そんな木嶋の願いが叶《かな》うことはなかった。

〝木嶋、今までありがとう。さよなら〟

＊

木嶋はスマホの画面をタップし、留守電の音声を止めた。

風見の肉声を聴いた亜紀たちは、その生々しさに顔を青くしていた。

自殺する直前に風見が残した声は、全てを達観していたのか、やけに穏やかだった。

「俺が知っているのはこんなところだ。古賀の幽霊に誘われて死んだっていうわけじゃないが、古賀が影響しているのは間違いない。何も死ななくてもいいじゃねぇかって思うけど、もうどうすることもできない。これ以上死者が出ないことを祈るだけだ」

話を終えた木嶋は、スマホをズボンのポケットにしまうと、瑞希を見つめる。

その視線に瑞希は身構えたが、木嶋は彼女に何も言わなかった。

「なんで三郷橋の幽霊について調べているのか知りませんが、橋には行かないことをオススメします。あそこ、本当に自殺する人多いですから」

木嶋は三人に向けて注意喚起をすると、梶山を睨みつけた。

「てめぇも、ああ言う記事を書くのは良くねーから程々にしろ」

ヘコヘコと適当に頭を下げる梶山を尻目《しりめ》に木嶋は立ち上がると、三人に挨拶をして立ち去った。

その後、梶山が、木嶋の話を聞かせた代償に蓮城京太郎特集を組むことを要求してきたので、京太郎は渋々それを承諾していた。

4

亜紀は、研究室に遥がいないことに気づき、傍でラップトップPCを叩いている京太郎に声をかける。

「あれ？　蓮城さん、遥くんはどこですか？」

「三郷橋へ行っている」

「どうしてですか？」

「自殺しようとする人間が現れたら食い止めるために、見張りをさせているんだ」

前に三郷橋を訪れた際、奇妙な女性がいたことを思い出す。

もしもあの時、京太郎が彼女の腕を引かなければ、彼女はどうなっていただろうか。

「もしかして、最近は毎晩、遥くんを三郷橋へ行かせていたんですか？」

「そうだ。橋に訪れた人間がどんな行動を取るのかを観察することも目的だ」

「その観察はどんな感じなんですか？」

京太郎はラップトップから顔を上げた。

「あれ以来、奇妙な動きをする人は現れていない。古賀らしい少年も現れてはいないようだ」

つまり、古賀の尻尾を摑むことは未だにできていないということだ。

「蓮城さんは、古賀くんが三郷橋に現れた原因ってなんだと思いますか？」

亜紀は京太郎のデスクに歩み寄る。

京太郎はラップトップを閉じると、足を組んで椅子の背に凭《もた》れ掛《か》かった。

「おそらく、ウェルテル効果が引き起こした幻想だ」

「うぇるてる効果？　それって、なんでしたっけ？」

「由来は、ゲーテの小説『若きウェルテルの悩み』だ。主人公が叶わぬ恋をして自殺するまでを描いたこの小説の影響で、主人公ウェルテルを真似て自殺する人が急増し、社会現象となった。ウェルテル効果とは、知名度の高い人間が自殺した際に、それに釣《つ》られて自殺する人たちが現れる現象のことを言う」

「つまり、古賀くんに釣られて多くの人が自殺しているってことですよね。だけど、そのことと、古賀くんの姿をした妖怪が橋に出現することって、どう関係するんでしょうか……。死んでしまった人が怪異を生み出すわけないし……て、あれ？」

怪異は人の心に在る。

京太郎の言葉が脳裡を過ぎり、亜紀はようやく気がつく。

京太郎は得意げに笑う。

「幽霊となった古賀亮太が人を死へ誘っている。古賀亮太の幽霊のせいで死んだ者がいる。そんな奇妙な噂が多くの人に知れ渡った結果、その噂を鵜呑《うの》みにした人たちの心が、三郷橋に古賀の姿をした邪悪な存在を出現させたのだと、今は考えている。だがこれはあくまで憶測だ。真相はまだ視えていない」

少年の姿をした存在は、一体なんなのか。

妖怪だとするなら、どんな妖怪なのか。

京太郎はまだ、その答えには辿り着いていないようだった。

「んっ、あれ？ 高瀬さんや井沢さん、風見くんは、古賀くんが自殺したことが影響して自殺しているけど、古賀くんの見た目をしたあの妖怪とは無関係ですよね。でも、瑞希ちゃんの友達の、板野茜さんはどうなんでしょう？ 板野さんはなぜ新聞部の記事を読んで三郷橋へ行ったんでしょうか？ 板野さんは古賀くんの姿をした妖怪を視たからフェンスを登ったようですけど、これ、どういうこと？」

亜紀のつぶやきに、京太郎が勢い良く立ち上がった。

「そうか……何で最初から、彼女に注目しなかったんだ」

彼は亜紀の両肩をがっしりと摑む。

「やっと視えてきた。ウェルテル効果はまだ続いている！」

次の瞬間には、京太郎は亜紀から離れ、スマホを取り出して瑞希に電話をしていた。

肩に残る温度に鼓動を速めながら、亜紀はその様子をぼんやりと見ていた。

＊

京太郎は、茜と話がしたいと、瑞希に話した。

申し出を受けた瑞希は、すぐに茜に電話をしたが繋《つな》がらず、メッセージを送っても既読になるだけで、翌日まで待っても返事が来なかった。

「蓮城さん、ごめんなさい。茜ちゃん、全然私の連絡に応えてくれなくて」

夕方、綿谷研を訪れた瑞希は、申し訳なさそうに語った。

「気にしないで。瑞希ちゃんのせいじゃないよ」

フォローする亜紀の傍で京太郎は考え込んでいたが、ふと顔を上げた。

そのとき、白犬の遥が壁を通り抜けて室内へ飛び込んできた。

「京太郎、亜紀。二人とも今すぐ、三郷橋に来て！」

「えっ？」

思わず声をあげる亜紀を、瑞希が不思議そうに眺める。

遥は険しい表情で緊急を訴えると、尻尾を向けて、再び壁を通り抜け、走って行ってしまった。

「悪いが、今から三郷橋へ行く。古賀さんも一緒に来てくれないか。話は移動しながらする」

京太郎は貴重品をポケットに詰めると、ベストに腕を通しながら歩き出す。

「えっ？　も、勿論です！」

京太郎を追いかけながら、瑞希は彼の背中に向かって返事をした。

二人に続いて駆けだした亜紀のポケットから、スマホが滑り落ちた。慌てて拾い上げた亜紀は、指紋に反応して開かれたスマホ画面を目にして、数秒固まる。

梶山が書いた記事を読むため、亜紀はブラウザを開きっぱなしにしていた。

〝最恐の心霊スポット三郷橋。自殺の名所に現れる、なぞの少年幽霊に迫る！〟

改めて記事の文言を読んだ亜紀は、ようやく京太郎の言葉の意味を知るのだった。

＊

三郷橋の袂《たもと》に辿り着いた亜紀たちは、暗闇に包まれた橋の上に人影を見つけた。

そのシルエットは、最初に橋を訪れた際に目撃したものと同じだった。

「茜ちゃん！」

瑞希が橋の上の人物を見て、声を上げた。

茜は橋の下へ視線を落としたまま、同じ場所を行ったり来たりしていた。しかし、走ってくる亜紀たちに気づくと、背を向けて走り出す。しかし、以前と同様、ピンクのサンダルを履いているため、そのスピードは遅かった。

「待って。行かないで！」

亜紀は加速して、もたもたと走る茜に一気に接近すると、彼女の片腕を掴む。

「ちょっと！　放してくださいよ！」

茜は掠れた甲高い声で、癇癪《かんしゃく》を起こしたように叫んだ。だが、亜紀の背後から瑞希が顔を出した途端、息を止めるように口を閉じ、その場で固まってしまう。

「茜ちゃん。どうしてまたこの橋にいるの？　まさか、また飛び降りようと……？」

瑞希は茜に一歩、二歩と近づきながら話しかける。茜は瑞希を見ないように顔を伏せて、じりじりと後退していく。

亜紀は咄嗟に瑞希の肩を掴んで、彼女の動きを止めた。

瑞希は小鹿のような瞳で亜紀を見上げ、不思議そうに首を傾げていた。

「板野さん。どうして三郷橋に来たんですか？」

亜紀は瑞希の代わりに茜に尋ねた。

しかし茜は顔を伏せて、口を閉ざしている。

「どうして、大学に来なかったんですか？」

次の質問にも、茜は答えなかった。

彼女は、亜紀に掴まれた腕に力を込めたまま、フェンスの向こう側へ視線を落としているばかりで、亜紀たちの相手をする気配がない。

「梶山の記事に誘発されて、自殺しようとしていたんだろう？」

突然、京太郎の低い声が聞こえたので、茜は慌てて顔を上げた。

月光に照らされ神秘的なオーラを纏った京太郎が、少し離れたところで立っていた。

漆黒の前髪の下に覗く切れ長の目が、茜の内面を見抜くような鋭い視線を向ける。

「自殺の理由はなんだ？　大学か？　それとも、古賀瑞希か？」

瑞希が目を丸くして、京太郎と茜を交互に見つめる。

茜は瑞希の連絡を無視していた。今も、彼女と対話することを拒んでいた。

そのことからも、茜にとって瑞希は、決して好ましい人間ではないと分かる。

「茜ちゃん？　私、茜ちゃんにとって嫌なことをしちゃってたの？」

瑞希が青ざめた顔で尋ねる。

純粋に困った顔を向ける瑞希のことを、茜は恨めしそうな目で見つめた。

「別に。瑞希が何かしたとか、そういうんじゃないわよ」

茜は頭を振って、髪を乱す。

「ずっと、ブスとかデブっていじめられていた。ずっと自分に自信が持てない人生だった。でも、良い大学へ行けば民度も上がるから、きっと日常が変わると思ってた」

茜は震えていた。その震えは、腕を通して亜紀にも伝わってきた。

「でも、瑞希がいつも私の隣にいるから、不安で押し潰されそうだった。可愛い瑞希にみんなは笑顔を向けるけど、私には冷めた目を向けていた。離れたところで話す人たちが、私の陰口を言ってるようだった。みんな、瑞希のことは好きだけど、私のことはどこか疎ましく思っているような振舞いをしていた。結局、大学へ行っても私は変わらない。これからどこに行っても、私は変わることができないのよ！」

茜は腕に力を入れて、亜紀の手を振り払った。

「こんなどうしようもない日常を、あと何回、何十回、何百回過ごせば良いっていうの！　楽しかったことさえも楽しめなくなるような、どうしようもない人生を消すとの、何が悪いっていうのよ！　お願いだから、私を一人にしてよ！」

その時、真っ白い布が京太郎の鼻先を掠めた。

亜紀と遥、それから瑞希も見上げる。

「お、お兄ちゃんっ！」

瑞希が両目を見開き、叫んだ。

茜の頭上には、真っ白なローブを纏う少年が浮かんでいた。

少年はケタケタと嗤い声をあげている。

京太郎は彼を鋭く睨む。

「貪嫉心《たんしつしん》を覆い、衆生《しゅじょう》を誣枉《ふおう》し、しかして財物を取る。あるいは闘諍《とうそう》を作《な》し、恐怖して人に逼《せま》り、他の財物を侵す……、知識、善友、兄弟、親族に、常に憎嫉《ぞうしつ》を懐《いだ》く……。これらは、三界六道《さんがいろくどう》の因果を詳しく説いた経典《きょうてん》『正法念処経《しょうぼうねんじょきょう》』にある、餓鬼に関する記述の一部で、南方熊楠《みなかたくまぐす》がヒダル神の論考にて引用している」

餓鬼《がき》。生前に嫉妬深く、物を惜み、貪りの心が強かった者。

食べても食べても満たされぬ状態。幼稚なことなどを示す蔑称。

京太郎の言葉に、少年姿の異形は嗤うことをやめた。

「この三郷橋に現れる妖怪は、精神的な飢餓を齎す存在、餓鬼憑《がきつ》きの『ヒダル神』だ。自己肯定感が低い人間は、誰かに認められたい、自分の存在を強く感じたいという思いがある。ヒダル神は、そんな人間に憑依《ひょうい》する。憑依された人間は、強い承認欲求、あるいは所属欲求に駆られた末、その欲求が満たされないことに苦痛を覚える。そして、強い自己否定に陥り、その自己否定が加速した結果として、自殺を試みるようになっていたんだ」

ウェルテル効果は続いている。

茜の場合、トリガーとなったのは梶山の記事。

「自殺報道は新たな自殺者を出すことがある。たとえ全く知らない赤の他人の自殺であっても、その死に同調してしまう者がいるからだ。常日頃、自分に否定的な生き方をしている人間は、他人の自殺に簡単に誘発される。この三郷橋のヒダル神に憑かれるということも、これと同じと言えるだろう」

三郷橋には古賀亮太の幽霊がいる。

彼のように、自分も死んでしまおう。

そんな希死念慮に駆られた者たちの想いが、古賀亮太の姿をしたヒダル神を生み出しているのだ。

茜は俯いたまま黙っている。彼女の頭上にいるヒダル神は、しばらく固まっていたが、やがて、首を折れそうなほどに曲げて、歯の隙間からきひっと声を漏らした。

「だからなんだって言うんだ？　前も言ったように、僕の正体を突き止めることには、何の意味もない。君たちは、至極無意味なことをしている」

ヒダル神はフード越しに京太郎を睨むと、茜を目指し急降下した。

「おい、待て！」

京太郎が声を上げたと同時に、遥が素早く茜に飛びつく。

彼女の肩甲骨の辺りから、彼女の内側へ侵入していくヒダル神の首を、遥の両手ががっしりと摑んで食い止める。ヒダル神の首はてるてる坊主のように締め上げられていったが、しかし。

「無駄だよ。君みたいなただの狗妖怪には、何もできっこないさ」

遥の手元で、真っ白なヒダル神の首がボキリと折れる。

それでも彼はへらへらと嗤い、遥の手の甲をベロリと舐めた。

「飽食の時代と言われるけれど、心が飢えている人間はたくさんいる。心が飢えた卑しい人間の中には、この女みたいに、古賀亮太とかいう自殺少年を想いエクスタシーに浸りたがる奴がいる。美しき少年の哀れな死を美談のように捉えるセンチメンタリストな奴らは、自分が愚かであることを棚に上げ、美しき死の世界に陶酔し、その身を捧《ささ》げたがる。そんな人間が大量にいる。だから僕は、ここに生まれ続けるんだ！」

ヒダル神は遥を挑発すると、頭部を粘土のようにぐにゃりと歪ませ、茜の体の中へと吸い込まれていく。遥は必死でヒダル神を摑もうとしたが、彼は嘲笑うように遥の手をすり抜け、ついに茜の中へ入り込んでしまった。

「板野さん！」

「お兄ちゃんやめて！」

亜紀と瑞希が揃って叫ぶが、茜は無反応。声が届いた気配はない。

茜は、近寄ろうとする亜紀と瑞希のことを、片手を振り回すことで牽制《けんせい》する。

そして、背後に近寄ってきていた京太郎にもその片手を向けて、彼の動きを封じた。

京太郎は、足を踏み出した中途半端な状態で硬直していた。彼の両目は大きく開かれ、息は吸い込んだ状態で止まっている。

亜紀は目を凝らした。茜の手元で、銀色のものが閃いていたからだ。

「邪魔しないで。瑞希も蓮城さんも、何なんですか本当。人のことを追い詰めてなんか楽しいですか。私はもう、嫌なんです。もう、嫌なんですよ！　こんな惨めな人生」

茜はナイフの切っ先を、京太郎の首元へ向けていた。

容易に肉を切り裂けそうな、水のように輝く銀色の刀身を間近で目にした途端に、京太郎の意識は一瞬で奪われた。

瑞希が悲鳴を上げ、亜紀は酷く混乱する。

「待つんだ……。死にたいなんて、自己欺瞞《ぎまん》でしかない、から」

京太郎の声が掠れている。いつも平然としている彼らしくない。

「本当は、現実から逃れたいだけの筈だ……」

それでも辛うじて喋り続けている京太郎の首筋に、茜は更にナイフを近寄らせた。

京太郎は、完全にその場に凍りついてしまった。

「京太郎、それ以上見るな！」

遥が顔面を蒼白《そうはく》にさせて、京太郎の許へ駆け寄ると、彼を後ろへ数歩下がらせた。

彼は慌てて京太郎の後頭部に片手を回すと、自分の胸に押し付けて視界を奪った。

「遥くん、蓮城さんはどうしちゃったの？」

「京太郎は刃物がダメなんだ！」

遥に抱かれたまま固まっている京太郎を見ている亜紀に、茜がナイフの切っ先を向ける。亜紀と瑞希はジリジリと後ろへ下がることしかできない。

どうにかして茜の行動を止めたい。

茜は先ほどから、手首を回してナイフを躍らせている。運動神経が良ければ、彼女をうまく止められるかもしれない。しかし、亜紀には彼女を止める自信がない。

「板野さんお願い。こんなことはもうやめて」

亜紀は声をかけるが、彼女にはまるで響かない。

彼女を止めることができるのは、亜紀だけだ。

亜紀は深呼吸をして気持ちを整えると、茜に向かって走り出す。

背後で瑞希の悲鳴を聞きながら、亜紀は茜の懐を狙って突進した。

いくらナイフを持っているとは言っても、相手は鍛えているわけでもなく、ナイフで戦った経験もない、ごく普通の女性だ。力の差はないので、シンプルに突進するだけでも効果はあるはずだ。

「くっ！」

狙い通り茜はなんの防御もしなかったので、亜紀は彼女の懐に入ることに成功し、二人はそのまま道路に倒れこんだ。

茜が握っていたナイフは、呆気なく指をすり抜け転がっていった。

しかし。

「うあっ！」

勢いよく倒されたのにも拘らず、茜は亜紀を押し倒して起き上がると、柵を握り素早く登り始めた。亜紀が上体を起こした時には、フェンスの上部まで到達していた。

「茜ちゃんダメ！　降りてきて！」

瑞希が高欄に駆け寄り登ろうとする。しかし、その向こう側に広がる奈落の底を見下ろした途端、彼女の足は竦《すく》む。

「お、お願い。死んじゃダメ。お兄ちゃんみたいに、いなくなるのはダメ」

茜を止めたい気持ちとは裏腹に、彼女は橋の下を見たまま動かなくなる。

兄が飛び降りた場所は、妹にとってはトラウマの場所なのだろう。

亜紀は膝小僧の砂を払い落とすと、再び立ち上がった。

「瑞希ちゃん、それ以上見下ろしてはダメ。あなたは下がっていて」

瑞希を道路側へ下がらせると、亜紀は両手でしっかりとフェンスを握り、手足を大きく動かして一気に登っていく。

追いついてみせる。今度は絶対に、助け出してみせる。

高さなんて屁でもない。死んでいった者たちを思えば、恐怖なんてまるで感じない。

もう後悔なんてしたくない。

自分にできることをとにかくやってやる。

「板野さん！」

猛スピードで登り、鼠返しの上に上がった亜紀が、茜を呼んだ瞬間。

茜はふわりと、鼠返しから谷底へ向けて身を投げ出した。

瑞希が悲鳴を上げた。遥も何かを叫んでいた。

勢いよく右手を伸ばした亜紀は、谷底へ向かって倒れ込んだ。

亜紀は鼠返しに体をべったりくっつけた状態で、歯を食い縛っている。

　ギリギリ、茜の片腕を摑むことができたのだ。

「板野さん！　目を覚まして！」

茜はぶら下がっているだけだった。

亜紀の右腕は、彼女の全体重を持ち上げる程の力を持たない。

それどころか、摑んでいる右手の握力が低下し、汗で滑り始めている。

「板野さん！　お願い！」

両手を使いたいが、体勢が悪かった。今、鼠返しを摑む左手を放したら、亜紀まで谷底へ落下してしまう。鍛えていない一般人の亜紀の力は、限界を迎えつつある。

「お願いだから、死ぬなんて考えないでよ！」

亜紀はパニックになって、涙声になる。

手を放したら茜は死ぬ。手を放さなくても、亜紀の力が限界を迎えれば、茜は死ぬ。

一体どうすればいい？

「こんな風に死んでどうするのよ！　死んだら何が良いのよ！　死ぬことがそんなに魅力的だっていうの？　死後の世界は、そんなに素敵なわけ？」

右手の筋肉が痙攣して震える。肩から右腕が取れてしまいそうだ。

体が、鼠返しからずるずると滑っていく。

「だったら、私も一緒に死んでやる！」

茜が瞬きをしながら顔を上げた。

「え？　ちょっと、あなたは関係ないでしょ」

亜紀の上半身は、胸の辺りまでが鼠返しからはみ出している。

これ以上滑り落ちたら、重心が谷底へ移動し、二人とも落下してしまう。

「バカじゃないの！　あなたが死ぬ理由なんかないじゃない！　放してよ！」

「あなたが死ぬ理由もないのよ！　放さないから！」

亜紀も噛み付くような勢いで叫んだ。

茜は悔しそうに唇を噛んだ。

「生きていたってどうしようもないのよ！」

「それは私だって同じよ！」

「生きていることが疲れたのよ！」

「みんな生きることに疲れながら生きているわ！」

「生きる権利があるなら、死ぬ権利だってあるでしょ！」

「権利なんて関係ないわよ！」

「いいからもうやめてよ！　バカなことしないで。放してよ！」

「私はバカだから放さないわ！」

その時だった。

亜紀の握力が一瞬弱まり、茜の腕がするりと抜けていった。

叫ぶあまり、気が緩んだのだ。

亜紀は慌てて、身を乗り出す。

亜紀は、自分の体までもがふわりと浮かぶ感覚を覚えた。

だがしかし、腰の辺りを後ろに引っ張られ、亜紀は再び鼠返しに固定された。

「二人ともいい加減にしろ！」

亜紀の隣に京太郎がいた。彼は、長い腕で茜の腕をしっかりと摑んでいた。

後ろを振り向くと、フェンスを登った瑞希が、亜紀の腰に両腕を回していた。

「蓮城さん、瑞希ちゃん！」

瑞希は恐怖で喚きながら、亜紀の体を必死で抑えていた。

どうにかこうにか京太郎によって引きずり上げられた茜を見届け、亜紀も高欄を乗り越え、橋の上に戻る。

「どうして。私は、あなたの名前すら知らない。私とあなたは他人でしょ」

道に座り込んで泣きながら、茜は亜紀に訴える。

亜紀は笑った。

「例えば大震災が起きたとして、瓦礫《がれき》の中に生きている人がいたら、知らない人だとしても助けようって思う。それと同じ。それだけ」

「何よそれ。私の考えは無視じゃない」

茜は口角を下げて反論した。

「自分の考えを優先していいが、他人が何を考えているのかを客観的に想像することも大事なことだぞ。板野さんは他人と接する時、いつも不安な顔をしていたんじゃないか？　そんな顔を見た相手がどんなことを感じるか、考えてみると良い」

京太郎は、茜の背をゆっくりと摩《さす》った。

他人が何を思いながら、自分と接してきているのか。

どうせ、誰も彼もが、自分のことを見下している。茜は、そう思ってきた。

でも考えてみれば、誰かが明確に悪意を持って自分を見下していたのは、高校生までのことだ。大学に入ってから、茜を明らかに貶《けな》す人間はいない。

昔、同級生に言われた悪口が、茜のことをずっと支配していただけだ。

昔の出来事から、他人に疑心暗鬼になっている茜は、それを表情にも出していたのだろう。だから周囲の人間は、素直に笑う瑞希には笑顔を向けたが、不安げな顔付きの茜には、どんな顔をすれば良いか分からず、曖昧な表情になっていたのだ。
「私、自分の思い込みだけで判断していたんだ……」
なんて、バカみたいな話だろうか。
「すいません。ほんとに、すいませんでした……！」
茜は肩を落とし、三人に深く頭を下げた。
その時、彼女の肩甲骨の辺りの空気が揺れて、ヒダル神が現れる。
ヒダル神は背中を丸めながらゆっくりと出てくると、両手でフードを払う。
長い睫毛を持ち上げ、徐々に開かれた瞼の奥には、漆黒の闇のような瞳が覗く。
古賀亮太と瓜二つ《うりふた》の、人形のように美しい少年が、そこにいた。
先ほどまで憎まれ口を叩いていたヒダル神だが、今は月光を浴びてやけに神々しい。
数回、蝶《ちょう》の羽ばたきのような瞬きをすると、ヒダル神は亜紀のことを見つめた。
彼は何も言わない。小ぶりな唇を固く締めたまま、ただ亜紀のことを見ていた。
古賀亮太にしか見えないその容姿にゾッとする。
やがて彼は、目玉を動かして亜紀の隣にいる瑞希を見る。
瑞希は、彼の姿を視て固まっていた。
「お兄ちゃん？」

瓜二つの兄妹《きょうだい》が、向かい合う。
しかし兄は、何の返事もしなかった。
彼は茜の体から抜け出ると、夜空へ向かって浮かび上がる。
真顔のまま、彼は一同を見下ろしていたが、やがてその姿は月明かりに霞む。
雲が棚引き、少年の体はみるみる覆われていく。
彼はヒダル神なのか、それとも瑞希の兄なのか。
瑞希の呼びかけに応えることなく、その姿は溶けるように消えていく。
「古賀くん？」
夜に溶ける寸前、亜紀の呼びかけに、彼は口元を緩めて微笑んでいた。

5

三郷橋に現れる古賀亮太の姿をした少年は、ヒダル神という妖怪だった。
ヒダル神は、自殺願望を持つ者たちが、橋に伝わる少年幽霊の噂を知ることで生み出されている妖怪。この妖怪を橋から消すためには、少年幽霊の噂をこの世から抹消するか、自殺願望を持つ者たちを改心させるしかない。

つまり、外部から個人の脳にアクセスし、記憶や経験を操作し、自殺願望を消去するプログラムを埋め込むことができるような、SF映画の世界へ飛ばない限り、ヒダル神を抹消することはできないということだ。ただの大学生亜紀と、ただの研究室の助手京太郎と、ただの妖怪遥の三人には不可能だ。

ヒダル神本人が言っていた通り、三人の行動は無意味だったのかもしれない。

しかし、綿谷研のデスクに座る京太郎は思考を巡らせていた。

「折笠」

遥と一緒に、学内コンビニ限定極上京風生ハムメロンパンあんずコンポート入りを頬張っていた亜紀は、咀嚼していたパンをすぐさま飲み込んだ。

「なんですか、蓮城さん」

京太郎は回転椅子をきぃっと回し、亜紀の方へ体を向けた。

「古賀亮太の幽霊と遭遇したことはないか？　ヒダル神ではなく、幽霊の方だ」

京太郎の質問に、亜紀の脳内はフリーズする。

ヒダル神ではなく幽霊。その区別はどこでする？

茜と共に出現した異形は、よく喋る生意気な奴だった。あれがヒダル神だろう。

では幽霊はどうか。

茜を助けた際、最後に彼女から抜け出てきた奴は、無口だった。

何も語らず、ただじっとこちらを見つめてくる様子は、幽霊に思えなくもない。

現に瑞希も、それを視て「お兄ちゃん？」と思わず尋ねていたのだ。

「分かんないです……」

そこまで言いかけて、亜紀は口を閉ざす。

たった今思い返した出来事は、京太郎だって視ていた筈だ。

自分も視てきたことを、わざわざ亜紀に聞き直す意味はない。

彼は、もっと昔のことを聞いているのだ。

「いえ、ごめんなさい。あの、私、会っています」

「やはり、十年前か？」

「はい」

京太郎は感づいていたのだ。

なぜ、亜紀が十年前の古賀亮太の自殺を、自分のせいだと責め続けていたのかを。

なぜ、亜紀が就活と卒論に追われているのに、綿谷研に通い出したのかを。

「私、古賀くんの幽霊を視ています。十年前、古賀くんが亡くなってすぐに、教室の中や廊下、下校中に、白いレインコートを着た古賀くんの幽霊がいました」

先日は余計だと思って、話していなかった事実だ。

「その、当時の私は、幽霊とか妖怪が怖くて、なるべく関わらないようにしていたんです。だから、古賀くんの幽霊のことも無視していました」

また、自分にだけおかしなモノが視えている。

あれは視ても意味がないモノだ。

無視しよう。関わったらきっと悪いことが起きる。

「古賀くんの幽霊は私のいる場所によく現れているような気がしました。もしかしたら、彼は私が幽霊を視ることができるって知っているのかもしれないと、思いました。それでも怖くて、私は絶対に目を合わせないようにしていました。近づいてきた時は逃げたりして。そしたら、気がついた時には、いなくなっていました」

無視を続けていた亜紀の心は、罪悪感で満ちていた。

「古賀くんからまた逃げちゃった。だから、古賀くんは私のことも恨んでるんじゃないかって思いました。私は二度、後悔したんです。一度目は、生きている古賀くんを救えなかった時。二度目は、幽霊の古賀くんのことさえも、ちゃんと相手をしてあげられなかった時。その後悔は、今でも私の中にシコリみたいに残っています」

怪異のことを知るために、綿谷研に来るようになった亜紀。

それは、古賀亮太の死を乗り越えるためでもあったのだ。

「生者によって引き寄せられた魂、と言ったところだろうか」

京太郎は本棚へ歩み寄り、一冊の本を抜き出してページを開く。

「やはり、ヒダル神出現の原因には、何かあるな」

まだ何か考察を続けている京太郎を、亜紀と遥は戸惑いながら見つめていた。

*

夏も終わりを迎え、やや肌寒くなってきたので、亜紀は温かい紅茶を淹《い》れた。

瑞希がちょこんとソファーに座り、紅茶の香りを満喫している。

「茜ちゃんは大学に来るようになりました。今は死ぬことを考えていないみたいです」

彼女はカップをソーサーに戻すと、京太郎に頭を下げた。

「今回は、いろいろとお世話になりました。ありがとうございます」

瑞希には、ヒダル神を消すことができないことを伝えてある。

事情を聞いた彼女は、仕方ないと納得してくれている。

これで終わりなのだろうか？

どこか不完全燃焼な気分。

京太郎は窓辺に立ち、外の景色を眺めていた。

「古賀さん。今から話すことは、ちょっと奇妙な話かもしれないが、少しの間、聞いてくれないだろうか」

シャープな輪郭の横顔を見せながら、京太郎は語り始める。


「俺の近くには、妖怪がいる。だが彼は、元々は人間だったんだ」

京太郎の背中側に立つ遥が、少しだけ顔を上げて亜紀たちを見つめる。

「人間だった彼は死んだ。彼の魂は狗の妖怪に食われ、そして今、ここにいる」

遥はいつものように、厚みのある唇を結び、睫毛の奥に艶やかな瞳を覗かせ、穏やかな笑みを見せているが、亜紀は酷く動揺していた。

「魂の話など信じ難《がた》いかもしれない。だが、魂を呼び寄せ自らに憑依させるイタコが存在するように、その存在は不確かながら認識されているんだ」

瑞希に遥の話をするなんて、京太郎は何を考えているのだろうか？

亜紀は瑞希を観察する。彼女は不思議そうに、京太郎を見上げているだけだった。

「俺の近くにいる妖怪。古賀さんには分かるか？」

「え？　いいえ、全く分かりませんけど……」

「それなら、どうして古賀さんには、三郷橋のヒダル神が視えたんだ？」

その瞬間、亜紀は京太郎の意図が読み取れた。

瑞希の目が怪異を認識するのか、それともヒダル神だけが視えているのか。

それを知るために、彼は遥の話をしていたのだ。

「どうしてってそんなの。私にも分からないですよ」

瑞希は何を聞かれているのか分からず、居心地の悪そうな顔になる。

「簡単だ。三郷橋のヒダル神出現の原因に、あなたが深く関わっているからだ」

「なんのことですか、蓮城さん。私は茜ちゃんみたいに、あの橋から飛び降りようとしたことなんてないですよ」

瑞希は京太郎から視線を逸らす。

京太郎は目を半眼にする。

「三郷橋のヒダル神が、なぜ出現したのか。その理由が、自殺願望がある者たちの心が生み出した幻想であると知った時、俺はこれが『共同幻想』により引き起こされたことだと気づいた」

「共同、幻想？」

「共同幻想とは言葉の通り、集団が視る幻覚や幻聴のことで、柳田國男が『妹《いも》の力』

にて具体的な事例を示している。東北の山村で、とある六人兄弟が同時に発狂して、土地の人々を震撼《しんかん》させた事件があった。その原因は気の狂った末の妹の言動だ。通り掛かった人を妹が鬼と言えば、上の兄弟たちもその人を鬼と見なし、襲いかかったという。妹の幻覚や妄想を兄弟たちが共有したため、兄弟たちは常軌を逸した行動をとってしまったんだ」

誰かの発言がきっかけで、それを信じた者たちが同じ幻想を視る。

今回の話に当て嵌めると、何者かが「少年の幽霊が現れる」という発言をしたこと

で噂が伝播《でんぱ》し、それを信じた者たちによって、ヒダル神が出現したことになる。

「折笠。確かこの間話してくれた時、クラスの中で、古賀亮太の幽霊の噂が流れるよ

うになったと言っていたな？」

「はい。高瀬さんが亡くなった辺りから、古賀くんの幽霊が三郷橋にいるって噂を聞

くようになりました」

「なら折笠。その噂の出所がどこか、分かるか？」

亜紀は必死で十年前の記憶を掘り起こす。だが記憶は朧《おぼろ》げだった。

「いえ。ちょっと覚えてないです。でも私ではないです。私は、なるべく幽霊を自分から遠ざけたいと思っていましたから、私の口から幽霊の話をしたりしません」

京太郎は、窓辺に寄りかかる。

「古賀さんは何か知っているか？」

瑞希は背筋を伸ばしたまま固まっていた。

だがやがて、糸が切れたマリオネットのように崩れ、詰まっていた息を吐き出す。

「知っています。だってその噂、流したのは私ですから」

＊

十年前。古賀家は、現在の住まいへ引っ越してきた。

両親ともに教育者の古賀家は、子供たちの教育にも力が入っていた。

学校の成績が上がれば優遇されるが、下がれば酷い罰が待っている。

だから常日頃、しっかり勉強しなければならなかった。

友達と遊ぶことができないくらい、毎日習い事へ行かなければならない。

月曜日はピアノ、火曜日はバレエ、水曜日は塾、木曜日は英会話教室、金曜日はスイミング、土曜日は塾とバレエ、日曜日はバレエと絵画教室。

目まぐるしい毎日に、瑞希は心身ともに疲弊していた。

しかし、瑞希が文句を言うことはできなかった。

それは、完璧な兄がいたからだ。

兄は親との約束をきちんと守れた。テストの点数は常に九十点を超える。毎日の習い事も難なくこなす。習い事のサッカーも、当然レギュラーメンバーだった。

全てを完璧にこなせる兄がいるせいで、瑞希は不満を漏らすことができなかった。

全てをきちんとこなせないのは、瑞希の怠慢だと見なされてしまうだけだからだ。

だから瑞希は、兄が嫌いだった。


瑞希が家族に不満を抱きながら過ごしていたある日。いつもと同じように小学校へ登校した瑞希は、クラスの様子が普段と異なることに気がついた。教室の扉を引いた瞬間、同級生の視線が鋭く突き刺さってきたのだ。仲の良い友達も、顔を伏せていた。

昨日、自分が何かしてしまっただろうか？　いや、何も思い出せない。

その日から、瑞希はひとりぼっちになってしまった。

理由はすぐに分かった。

兄の亮太がいじめられるようになったから、妹とも仲良くしない方がいい。トイレの個室にいた時、手洗い場からそんな囁《ささや》き声《ごえ》が聞こえてきたのだ。

瑞希は塾から帰宅すると、亮太の部屋に押し入って、彼の部屋を滅茶苦茶《めちゃくちゃ》に荒らした。まだ彼が帰宅していないのを良いことに、ハサミで兄の枕や毛布を切り裂き、教科書や参考書は紙吹雪のように千切りまくり、兄が大事にしているプラモを片っ端から踏み潰し、充電器の線を断ち、パソコンを押し倒し、電球を叩き割った。

その騒ぎに親が乱入したが、ハサミを振り回す瑞希に親は近寄れずにいた。

兄が帰宅して、自分の部屋の有様に目を丸くしていた。怒られることを覚悟した。

しかし、いつも完璧な兄は、瑞希のことを心配し、何があったのか聞いてきた。

頭の中が真っ白になった。その場からすぐに消えたくなった瑞希は、土砂降りの雨が降り注ぐ夜道へ駆け出していった。

何もかも、どうにかなってしまえ。

そんながむしゃらな気持ちで走っていたら、ある場所に辿り着いた。

三郷橋。この地域では有名な、自殺の名所だ。

瑞希は誘われるように、当時は低かったフェンスを乗り越えた。

「何しているんだ瑞希。戻ってこい！」

白いレインコートを着た兄が、血相を変えて走ってくる。

そんな兄の様子を、瑞希はどこか勝ち誇った気持ちで見ていた。

彼女は、柵越しに声をかける兄を嘲笑うように言った。

「お兄ちゃんのせいで、私の人生は台無しよ！　私が自由になれないのは、全部お兄ちゃんのせいなんだから！　どうして私が、こんな目に合わないといけないの！」

いい加減、こっちの気持ちを分かってくれ！

そんな気持ちで、瑞希は大雨の中叫んだ。

「お兄ちゃんはいっつも自分勝手。自分が良ければそれでいいわけ？　お兄ちゃんのせいで、私は比較されて怒られてばっかりなのよ！　お兄ちゃんのせいで、クラスでもハブられてるのよ！　私だって頑張ってるのに、お兄ちゃんがなんでもできるせいで、全然褒めてもらえないのよ！」

兄はフェンスを越えて、瑞希に手を伸ばす。

「ごめん瑞希。瑞希がそんなこと思ってたなんて、気づかなくて」

「謝っても意味ないわ！」

「本当にごめん。僕がいじめられてるせいで、瑞希まで学校で嫌な思いしているだなんて知らなかった。本当に悪かった。なんとか、クラスの子と仲直りするからさ」

「どうやって仲直りなんてするのよ！」

「毎日、話をしてみるよ。きっとなんかの誤解だ。話せば、そのうち分かり合える！」

兄が差しだした手に、瑞希は思い切り平手を食らわせた。

「そういう偽善者なところが大っ嫌いなのよ！」

その時、強風が雨を乗せて、橋の上を駆け抜けていった。

瑞希は咄嗟に柵に体を寄せて、しっかりとしがみついた。

しかし瑞希に右手を叩かれていた兄は、その風を体の前面にまともに受けてしまう。

風を孕《はら》み天高く舞い上がる凧《たこ》のように、兄の体は呆気なく浮き上がる。

瑞希は慌てて左手を彼の方へ伸ばし、兄も右手を瑞希へと伸ばした。

しかし。

妹の手は兄に届くことなく、古賀亮太は谷底へ落下していくのだった。

「お兄ちゃんは自殺じゃない。お兄ちゃんは、私のせいで死んだんです」

瑞希は両手で頭を抱え、震えていた。

「でも両親には、お兄ちゃんは自殺したのだと伝えました。本当のことを話したら、私は両親に捨てられてしまうと思ったからです。学校の成績は良くない。習い事も上手にできない。ルールも守れない。その上、お兄ちゃんの部屋を滅茶苦茶にした。そんな中、お兄ちゃんの死の真相まで話したらどうなるのか。考えただけでも怖かった。いっぱい叩かれる、食事を何日も抜きにされる、お風呂は一億数えないと出られないかも。そう思うと、頭がクラクラした。そんな地獄、耐えきれないと思ったんです」

両手で口を押さえ嗚咽《おえつ》する瑞希に近寄り、亜紀は背筋を摩る。

＊

彼女は真っ青な顔で、ローテーブルの一点を見つめていた。

「幽霊の噂を流したのも、私の嘘がバレないようにするためです。いじめを苦に自殺した古賀亮太の幽霊が三郷橋にいて、橋に来る人を死へ誘っている。そんな噂を流せば、みんな信じるって思ったんです。誰も、お兄ちゃんが事故で転落したとは思わないだろうと思ったからです」

瑞希は保身のために、偽りの情報を流した。

それが信じられ、古賀亮太は自殺したとされた。

それが信じられ、三郷橋にヒダル神が出現するようになった。

誰一人として、それを疑う者はいなかった。

「お兄ちゃんが死んじゃってから、私の両親は気が抜けちゃったみたいで、前みたいに異常な教育をしなくなりました。学校では、クラスの子たちが話しかけてくれるようになりました。お兄ちゃんが死んじゃったから、私を無視できなくなったんだと思います。世界は、私が望んだ通りになりました。私は、最低な妹ですね。ははっ、私は本当に自由になりました。ははははっ。私は、邪魔者のお兄ちゃんがいなくなって、
瑞希は乾いた嗤い声を上げる。肩を揺らして、くつくつと嗤う。

亜紀や京太郎に軽蔑されただろうと思うと、余計に嗤えてくる。

本来自分は、軽蔑されるべき人間だからだ。

自分こそが、三郷橋から転落死するべきクズ人間だからだ。

「瑞希ちゃん。自分を嗤わないで！」

亜紀は咄嗟に、嗤っている瑞希の体を抱き締めた。

瑞希は驚き、充血した目を見開く。

「あなたはただ、苦しかっただけじゃない！　それなのに、自分のことを最低だなんて言って嗤ったりなんかしないで！」

亜紀に耳元で叫ばれ、瑞希の頬が熱くなってくる。

胸の奥がくすぐったくなってきて、鼻先が痺《しび》れ、視界が揺らいでくる。

「ごめんなさい。私が古賀くんのいじめを止めることができていれば、瑞希ちゃんが学校で辛い思いをすることはなかったのに。何もできなくて、ごめんなさい！」

亜紀の謝罪を聞いていると、兄の顔が思い起こされた。

「違うよ折笠さん」

瑞希は、満面の笑みを浮かべる兄の顔を思い浮かべ、涙を流す。

「私が、あの時ちゃんとお兄ちゃんの手を握れなかったのがいけないんだよ。お兄ちゃんを恨んだりしないで、味方になってあげれば良かったんだよ」

取り返しの付かないことを嘆いても仕方がない。

それでも、嘆かないではいられなかった。

「そろそろ、死した魂と対面しても良いだろう」

京太郎の科白に、亜紀と瑞希は顔を上げる。

遥が、いつのまにか瑞希の近くに立っていた。

「蓮城さん。何を言ってるんですか？」

亜紀は目を擦りながら立ち上がる。

京太郎は、静かな透き通った目で瑞希を視ていた。

「共同幻想が発動するためには、発言力が必要だ。それを発する人物は、神霊に憑依された巫女《みこ》『玉依姫《たまよりひめ》』や、魂を呼び寄せそれに憑依された『イタコ』のように、神秘を纏っている。そんな彼らが発する言葉を、人は信じて聞き入れざるを得ない」

彼の言葉の意味が分からないでいる亜紀を余所に、遥が瑞希へ近寄る。

ソファーに座る瑞希と視線を合わせるために屈むと、遥は瑞希に微笑んだ。

「ちょっと失礼するよ」

遥は白く長い指で瑞希の鎖骨の辺りに触れると、次の瞬間、一気にその右手を瑞希の体内に潜り込ませる。

手首の辺りまで瑞希の中へ突っ込んだ遥は、絹糸を手繰るように嫋《たお》やかに指先を動かし、見つけた何かをその手に収める。

その途端に、瑞希の全身が、夜の月明かりのように眩《まぶ》しい光を放ち煌めいた。

「いつまでもそこにいてはいけないよ。彼女の人生のためにもね」

遥は両足を踏ん張ると、右手に摑んだものを、瑞希の中から引きずり出す。

遥の右手は、白い衣服を摑んでいた。彼が腕を引くと、衣服に吊られて、小さな頭に、細い肩、頼りない手足が露わになっていった。

もう、説明されなくても分かる。

白いレインコートを着た、オニキスのような魅惑の目を持つ少年。

三郷橋から落ちた時と同じ姿をした、古賀亮太だ。


意識が戻った瑞希は、状況が把握できず、口をぽっかりと開けたまま、宙に浮かび上がる亮太を見上げていた。

「これはどういうこと？」

身を乗り出して見上げていた亜紀と、浮かび上がる亮太の目が合う。

亮太が死んで間もない頃、教室や廊下、帰り道で見かけた亮太の幽霊。

周囲が噂するよりも早くに現れたその幽霊を、亜紀だけが知っていた。

彼は間違いなく、あの時に亜紀の近くに現れていた幽霊だ。

三郷橋に現れるヒダル神ではなく、本当の古賀亮太の幽霊だ。

亮太の幽霊は、鈴の音を立てて、ローテーブルに着地する。

昔、視ていた。視ていたのに、亜紀はずっと無視していた。

そんな存在を前に、亜紀は涙を滲ませる。

「ごめんなさい。古賀くん。私だけが視えていたのに。私だけがあなたの声を聞けたのに。無視したりして、ごめんなさい」

「気にしないで。真実を知って安心してもらおうと思って近づいたんだけど、君は僕が怖いみたいだったから諦めたんだ。それに、瑞希の事情を思えば、誰も本当のことを知らない方が良さそうだったしね」

彼は白い歯を見せて笑うと、呆然と立ち尽くす瑞希へと顔を向ける。

状況が飲み込めず衝撃で固まっている妹の顔を、彼は前かがみになって覗き込んだ。

「瑞希。思い出したかい？」

瑞希は記憶を辿っていく。兄が死んだ直後のこと。

滅茶苦茶にしてしまった兄の部屋にいた彼女は、そこで兄の幽霊を視ていた。

自分を呪いに来たのだと思うとあまりにも恐ろしく、逃げ出したことを思い出す。

学校は疎か自分の部屋から出ることもできず、兄に怯えていたことを思い出す。

「僕は心配だったんだ。でも、瑞希は僕の姿を視ると怯えてしまう」

亮太は一歩、瑞希に近寄る。

「だから学校へ行った。すると、折笠さんが僕のことに気づいていた。だから彼女に僕の気持ちを話して、瑞希が安心して過ごせるようにお願いしようと思った。だけどうまくいかなかった」

亮太は瑞希を恨んでなどいない。そのことを亜紀から伝えてもらい、瑞希には怯えないで前向きに生きてもらおうと思った。

しかし、亜紀も亮太の幽霊に怯えてしまったので、それはできなかった。

「だから僕は、瑞希に憑依することにしたんだ」

妹を気にかけた兄は、彼女に憑依した。

自分が傍にいれば、彼女を守れると思ったのだ。

鈴の音が鳴る。


白いレインコートを着た少年は、あの雨の日から変わっていない。

妹を心配して三郷橋まで追いかけていった時と変わっていない。

教室、人気のない廊下や階段、亜紀が歩く下校道などを彷徨い、妹を元気にするには何ができるか考えながら、彼は過ごしていた。

そして彼は、妹の体に憑依することを選んだ。

彼女に降り注ぐ災厄を、自分が振り払ってやろうとした。

彼女が自由に生きられるように、彼女の力になろうとした。

こうして瑞希は、死した魂を宿した巫女となった。

人々は無意識のうちに、彼女の言葉に影響を受けた。

瑞希の人生は、彼女が望んだように変化していった。

「何よそれ、バカじゃないの」

瑞希は両目からぼたぼたと涙を零しながら、兄の幽霊を見つめる。

「あれからずっと、私と一緒にいたっていうの？」

亮太はやけに嬉しそうに笑うだけだ。

「死んでまで私のことを気にするなんて、バカじゃないの」

この十年間。ずっと兄が自分を見守っていたと思うと、瑞希は耐えられなかった。

「私はお兄ちゃんの手を握れなかったのに。私はお兄ちゃんに何もしてあげられなかったのに」

段々、兄の姿が霞んで見えてきた。

瑞希は焦って、袖口で両目を拭う。

鈴の音が鳴る。

亮太が両手で、瑞希の小さな顔を包み込んだ。

彼は自分と瑞希の額をくっつけると、薄い唇をゆっくりと開いた。

「僕は生きている時、瑞希にずっと励まされていたんだよ。瑞希がいたから、厳しい教育も、きつい学校生活も、耐えることができたんだ」

彼の唇だけが目に入る。

彼は一度口角を上げてから、もう一度口を開く。

「だから、そのお礼がしたかっただけ」

額を離すと、彼は片手で瑞希の頭に触れた。

手のひらで瑞希の頭のてっぺんを撫でる。

彼女を惜しむように、彼は何度も彼女の頭に指を滑らせると、ゆっくり手を下ろす。

そして、大きな黒い目に瑞希の姿を映すと、美しい少年幽霊は最後の笑顔を見せる。

「ありがとう」

鈴の音が鳴る。

亮太は遥のことを見上げる。

「僕はやっぱりもう、行かなきゃいけないのかな」

遥は静かに、首を縦に振った。

「いつまでも妹を依代《よりしろ》にしていては、彼女は延々と十年前に縛られたままになってしまう。君は幽世《かくりよ》の存在なんだから、もう出ていかなきゃいけないよ」

遥の話を聞いた亮太は小さく頷いた。

「瑞希から出て行くきっかけが、分からなくなっていたんだ。僕を引き出してくれたことに感謝するよ。狗の妖怪さん」

白いレインコートが強風を受けたように、激しく揺れる。

眩《まばゆ》い夕日の明かりを前面に受けた亮太は、その前身を橙色に染めていく。

足元からゆっくりと、彼の輪郭が薄れていく。

腰から胸、肩へと、みるみると夕日の明かりに溶かされていく亮太の幽霊。

妹を見下ろしていた彼は、やがて眩しい光を見上げ瞼を閉じる。

母親に抱かれる赤子のような安らかな顔で、暖かな日差しに覆われていく。

彼の首元が消えかかった時に、瑞希が慌てて声を上げる。

鈴の音が鳴る。

ソファーが軋む音がしたので、亜紀は視線を下した。
瑞希が顔を上げたまま、放心して座り込んでいた。
亜紀は、思っていたより色素の薄い彼女の目に注目する。
彼女は思ったほど、古賀亮太と似ていない。
兄妹とはいっても、似ていない部分はいくらでもある。そんなことは当たり前だ。
それなのに、今の今まで、彼女にそんな部分があることに気づかなかった。
亜紀は、自分が古賀亮太にどれほど囚われていたのか自覚した。

古賀亮太という人間はいない。
古賀亮太の幽霊ももういない。

残された人間が、古賀亮太という存在がいたことを知っているだけだ。
残された人間は、古賀亮太という存在を胸にしまい、これからを生きて行くのだ。
瑞希は、涙や鼻水で汚れた顔を袖で乱暴に拭うと、再び立ち上がる。

彼女は清々しい笑顔を亜紀と京太郎に見せて、深く頭を下げる。
憑き物が落ちたその笑顔は、等身大の女子大生らしい瑞々《みずみず》しさがあった。
その笑顔に、亜紀自身も解放されたような気分になった。
窓の外では夕日が沈み、星が煌めく澄んだ夜空が広がっていた。

エピローグ

砂利を蹴り飛ばし、頭上に竹やぶを見上げながら数分歩くと、視線の先には鬱蒼《うっそう》とした竹やぶに囲まれ、薄暗い中に侘しく佇む古い茶室が現れた。

【東庵《あずまあん》】

以前、藤崎美穂《ふじさきみほ》と訪れたその場所に再び歩いてきた亜紀《あき》は、枯れた笹《ささ》の葉の束を踏みながら近寄ると、躙口を思い切り開いた。

「おや折笠さん。こんなところまで来て、一体なんのようだい？　生憎《あいにく》僕は仕事中でね、お相手はちょっとしか出来そうにないんだけども」

心地よいバリトンボイスを聞きながら、亜紀は頭を下げて茶室の中へ入り込んだ。

数冊の書物とラップトップＰＣを持ち込んだ綿谷《わたや》教授が、胡座をかきながら作業をしていた。

額に垂れ下がってきた灰色の髪を耳にかけると、綿谷は闖入《ちんにゅう》者の亜紀をじっと見つめる。亜紀は野生動物に睨まれたような気分になり、意味もなく狼狽《うろた》えた。

しかしすぐに、気を取り直す。

「なんで研究室で仕事しないんですか、先生」

「あっはっは。別に意味なんてないよ。こっちの方が居心地が良いからさ」

「あんまり、蓮城《れんじょう》さんに迷惑かけないでください」

綿谷は耳にシャーペンを挟むと、読みかけていた本に栞《しおり》を挟んで閉じる。

「それで？　僕は忙しいから、用事は手短にしてほしいんだけれども」

足を組み直した綿谷は、文机《ふづくえ》に肘をついて気怠《けだる》い目を向ける。

亜紀は正座をして背筋を伸ばすと、表情を引き締めた。

「私は昨日、また会社に落ちました」

「おや残念」

「これで百社目です。どれだけ受けても、採用されません」

「残念だけど、僕は就活アドバイザーではないから、気の利いたことは言えないよ」

「そんなことは微塵《みじん》も期待しておりませんので、ご安心ください！」

綿谷の眉尻が僅かに下がる。ショックを受けたのだろう。

亜紀は膝の前に両手をついた。

「先生。私は、綿谷研究室の学部研究生になろうと考えています」

学部研究生。ある分野を研究することを志願する者が、一年ほど在学できる制度。

大学院の試験に落ちた者などが、再受験までの期間、学部研究生として大学に在籍するというのが、よくあるケースだ。亜紀は就活に従事していたため、夏に行われた院試を受けそびれている。そのため、学部研究生として綿谷研に在籍し、次の夏に院試を受ける決断をしたのだ。

「どうしてそんなことを思いついたんだい？　会社に就職ができないからとかいう理由だったら許さないよ？　僕も蓮城も暇じゃないからね」

存外厳しい台詞を吐く綿谷を前にしても、亜紀は平然としていた。

「怪異ともっと関わりたいからです」

「おや。確か君は昔、怪異が大嫌いじゃなかったかな？　お化けの絵本とか、学校の七不思議みたいなお話をとにかく毛嫌いするから困るって、折笠教授から聞いていたんだけれども」

亜紀と綿谷は、互いに見つめ合う。

硬い表情になる亜紀と対照的に、綿谷は悪徳商人のような笑顔を見せている。

亜紀の父は、民俗学の学者だった。

東嶺館大学で教鞭《きょうべん》をとる教授でもあった。

亜紀の両親は怪異が視えなかったが、亜紀のことを理解しようと努めてくれていた。

とりわけ亜紀の父は、怪異を認識する娘の話をよく聞いてくれていた。

だから亜紀は、どんなに恐ろしい怪異と遭遇しても最後には安心することができた。


綿谷が微笑んだ。

「最初に顔を見た時から、君が折笠教授の娘だって気づいていたよ。折笠くんは同期だから、話すことも多かったんだ。だから君のこともほんの少しは知っていたよ」

「なんで言ってくれなかったんですか」

亜紀は少し恥ずかしくなり赤面する。

「別に、わざわざ言うようなことでもないと思ってね」

亜紀は咳払いする。

「とにかく、私は怪異のことをもっと知りたいんです。それだけではダメですか？」

分からないから恐怖を感じる。だったら知れば良い。

そして、前向きな気持ちで怪異と向き合いたい。

亜紀の強い眼差しを見た綿谷は、得意げに笑った。

「大変シンプルで宜《よろ》しい」

*

パンや飲み物で膨れ上がった袋を片手に、リノリウムの廊下を駆け抜けると、廊下の突き当たりにある綿谷研の扉を開く。

「あ、待ってたよ、亜紀。見てよこれ、京太郎ってば、図書館の本を一年以上借りっぱなしだったんだ。一冊だけじゃないよ、この一山分だよ！」

「げっ。何よそれ」

亜紀は入室するなりげんなりしながら、書物のタワーを避けながら進む。

窓辺のデスクでは、京太郎が本を開いたまま舟を漕《こ》いでいた。

「蓮城さん、起きてください！　遥《はるか》くんに聞きましたよ。図書館の本返さないと、無期限貸し出し停止処分を食らっちゃいますよ！」

京太郎の肩を叩いて脅し文句を言ってやると、亜紀はカップを取り出してお湯を沸かし始めた。視界の端で、遥が袋の中身を漁《あさ》っている様子を捉えつつ、亜紀はカップにドリッパーを設置し、コーヒーフィルターを嵌め、粉を投下する。

ポット内のお湯が沸騰する賑やかな音に、京太郎《きようたろう》が瞼を開いた。

彼は首を鳴らし、腕を上げて体を伸ばすと、亜紀を見上げた。

寝起きの彼の瞼は開き切っておらず、シャツの襟が縒《よ》れている。

亜紀は目を逸らしてコーヒーを淹れると、音を立ててデスクにカップを置いた。

「これを飲んで目を覚ましたら、一緒に本を返しましょう！」

ぶっきらぼうに言うと、遥にもコーヒーを渡し、亜紀はソファーに座り込む。

自分の選択が正しいかどうか、亜紀はまだ不安だった。就職して給料をもらって生きていく年頃に、大学に残る選択をすることは、それだけ親に負担をかけることになるからだ。父の貯金があるとは言っても、母には迷惑をかけることだろう。

眉間に皺を寄せながらカップを口に運ぶ亜紀の隣に、遥が座った。

「亜紀。これからもここにいてね。僕だけだと、京太郎が人間らしい生活をしなくなっちゃうんだ」

一秒前までの不安が払拭された。自分の選択が正しいかは分からないが、少なくとも亜紀は今、必要とされていることが分かったからだ。

きっと、自分がここにいることには意味がある。

亜紀はようやく、自分の在り方を見つけたのだった。

あとがき

はじめまして、杜宮花歩《もりみやかほ》です。この度は『怪異学専攻助手の日常　蓮城京太郎の幽世《かくりよ》カルテ』をお手に取って頂き、誠にありがとうございます。

私は、第26回電撃小説大賞に応募したことがきっかけで、本作を執筆することとなりました。中学時代から美術の勉強を始め、美大では彫刻専攻に在籍し、彫刻作品の制作をしていたので、自分の本が出ることなど、まるで想像していませんでした。

元々、活字を読むのは苦手で、絵を描くことが好きだったのですが、中学生の頃に、美術部の学生たちの会話に混ざりたい思いから、電撃文庫のラノベを読んだことで、読書の面白さを知りました。その後、『攻殻機動隊』のアニメや映画を観《み》たのがきっかけでSFに嵌《はま》り、SF小説で知った冲方丁《うぶかたとう》の『天地明察』などで時代小説の面白さを知りました。ミステリ小説の書き手には、どうやったらこんな複雑な話を作れるのだろうか？　といつも感心しております。小栗虫太郎《おぐりむしたろう》の『黒死館殺人事件』などは、読み進めるに連れて頭の中がぐるぐるして、まだ私には早いと思い本を閉じた思い出があったりします。ドストエフスキーの『罪と罰』は、主人公が全く理解できず、すぐに高校の図書室へ返却してしまったのですが、最近読んでみたら、サイコパスに見えていた主人公の真意に気付き、実は優しさを持っている青年だったと分かり、なぜあの時に辛抱強く読み続けなかったのだろうかと、いろいろ考え込むこともありました。

大学時代、人をモチーフに彫刻制作をしており、どんな人を作るのかイメージするために、小説を書いていました。「恠異《かいい》」という言葉に出会った時、様々な人間像を描くことが小説でも可能だと思い、本作を考案しました。

小説執筆では心が折れそうにもなりましたが、どんな原稿でも毎回読んで、冷静なコメントをくれる担当さんの揺るぎない姿勢に対し、弱腰でいるわけにはいかないと思い、失敗しても良いからやり切ろうという思いで書きました。イラストがついて、本という形で残すことができるとは思っていなかったので、嬉《うれ》しい限りです。

最後に、京太郎《きょうたろう》と遥《はるか》をイメージどおりにデザインし、透明感のある美しいイラストでカバーを彩ってくださったごもさわ様、小説発売に向けてコラボ漫画を制作してくださった了子《りょうこ》様、お忙しい中、誠にありがとうございました。また、選外から拾い上げ、根気強く相手をしてくださった担当編集さん。きっと困らせてしまうことも多かったと思いますが、ここまで本当にありがとうございました。

この作品が、読者の皆様の楽しみとなり、心に残るものとなれば幸いです。

《引用文献》

『怪異学の可能性』東アジア恠異学会（角川書店）
序章「「怪異学」の目指すもの　榎村寛之　P.7より
『南方熊楠全集　第三巻　雑誌論考一』南方熊楠（平凡社）
民族　ひだる神　P.570より

《参考文献》

『怪異学の可能性』東アジア恠異学会（角川書店）
『日本怪異妖怪大事典』監修：小松和彦（東京堂出版）
『日本妖怪考』マイケル・ディラン・フォスター　廣田龍平訳（森話社）
『新版　遠野物語　付・遠野物語拾遺』柳田国男（角川ソフィア文庫）
『新訂　妖怪談義』柳田国男　校正：小松和彦（角川ソフィア文庫）
『雑音考』樋口覚（人文書院）
『妖怪学新考　妖怪からみる日本人の心』小松和彦（講談社学術文庫）
『鬼とはなにか　まつろわぬ民か、縄文の神か』戸矢学（河出書房新社）
『鬼と日本人』小松和彦（角川ソフィア文庫）

『国立民族学博物館 Archives　旅・いろいろ地球人　(4)境界突き破る「乱声」』山中由里子（国立民族学博物館）
https://older.minpaku.ac.jp/museum/showcase/media/tabiiroiro/chikyujin431
『近代日本彫刻集成　第一巻　幕末・明治編』編者：田中修二（国書刊行会）
『日本の霊山読み解き事典』編者：西海賢二　時枝務　久野俊彦（柏書房）
『蛇神をめぐる伝承　古代人の心を読む』佐佐木隆（青土社）
『愛媛県史　民族　上』愛媛県史編さん委員会（愛媛県）
『口語訳　古事記　神代篇』訳・注釈：三浦佑之（文藝春秋）
『精神医学二十一巻九号　伊予の犬神，蛇憑きの精神病理学的研究』稲田浩　藤原通済（医学書院）
『妖怪ビジュアル大図鑑』水木しげる（講談社）
『南方熊楠全集　第三巻　雑誌論考二』南方熊楠（平凡社）
『妹の力』柳田国男（グーテンベルク21）

<初出>
本書は書き下ろしです。

この物語はフィクションです。実在の人物・団体等とは一切関係ありません。

メディアワークス文庫

怪異学専攻助手の日常《かいいがくせんこうじょしゅのにちじょう》
蓮城京太郎《れんじょうきょうたろう》の幽世《かくりよ》カルテ

杜宮花歩《もりみやかほ》

2023年1月25日　初版発行

発行者　山下直久
発行　株式会社KADOKAWA
〒102-8177　東京都千代田区富士見2-13-3
0570-002-301（ナビダイヤル）
装丁者　渡辺宏一（有限会社ニイナナニイゴオ）
印刷　株式会社暁印刷
製本　株式会社暁印刷

Printed in Japan
ISBN978-4-04-913746-0 C0193

メディアワークス文庫　https://mwbunko.com/

本書に対するご意見、ご感想をお寄せください。

あて先
〒102-8177　東京都千代田区富士見2-13-3
メディアワークス文庫編集部
「杜宮花歩先生」係